Un realismo transversal

Doce cuentos metaliterarios

Idea y edición de Toni Montesinos

Lázaro Covadlo, José María Conget, Jaime Collyer,
Juan Villoro, Guillermo Martínez, Tino Pertierra,
Juan Bonilla, Javier Ponce Gambirazio,
Ignacio Ferrando, Lorenzo Luengo,
Bruno Mesa, Leonardo de León

artepoética
press

Nueva york, 2015

Title: Un realismo transversal: doce cuentos metaliterarios
ISBN-10: 1940075300
ISBN-13: 978-1-940075-30-3

Design: © Ana Paola González
Cover & Image: © Jhon Aguasaco
Editor in chief: Carlos Aguasaco
E-mail: carlos@artepoetica.com
Mail: 38-38 215 Place, Bayside, NY 11361, USA.

Índice

Lázaro Covadlo

(1937)

Nacido en Buenos Aires en 1937, Lázaro Covadlo reside desde 1975 en España, aunque también ha vivido en Río de Janeiro, Santiago de Chile, Israel, Madrid y Cambridge. Es autor de siete novelas: *Remington Rand, una infancia extraordinaria* (1998), *Conversación con el monstruo* (1998), *La casa de Patrick Childers* (1999), *Bolero* (2001), *Criaturas de la noche* (2004), *Las salvajes muchachas del Partido* (2009) y *Taimir* (2012), y de dos libros de relatos: *Agujeros negros* (Ediciones Áltera, Madrid, 1997), del que está extraído «Acero inoxidable», y *Animalitos de Dios* (2000). Publicó una serie de textos satíricos bajo el título de *La bodrioteca de Covadlo* (2000) y reunió una antología de sus mejores cuentos en *Nadie desaparece del todo* (2014), además de publicar la novela infantil *El mundo de Candela* (2001).

Acero inoxidable

A Edgardo Giménez

Cuando sonó el teléfono el profesor Florencio Galsgaard se hallaba instalado frente a su mesa de trabajo y terminaba de asentar los últimos acontecimientos en el tomo XLIII de su diario: Regresé a casa a las 19:14 h. Descansé durante 58 minutos sentado en el sillón, mientras releía el capítulo de *Los doce césares*, de Suetonio, dedicado a Octavio Augusto. A las 20:12 h preparé una tortilla de patatas: (390 gr. de patatas; 2 huevos medianos; dos cucharadas de aceite de maíz; una pizca de sal marina) y una ensalada de 250 gramos de lechuga, apio y tomates: (una cucharada de aceite de oliva; 3 gotas de vinagre blanco; una pizca de sal); bebí un vaso de agua mineral. Acabé de cenar a las 21:01 h. Al segundo repiqueteo anotó con trazos apresurados: 21:15 h. Llaman al teléfono. Corro a atender. ¡Qué fastidio!, se dijo. Tenía la esperanza de que no lo apartaran de su plan para esa noche: pensaba escribir un artículo contra Gerard Alswin y su célebre *Confluencia histórica de Oriente y Occidente*.

—Al habla el profesor Florencio Galsgaard, diga usted.
—Buenas noches, doctor, soy Anabel Camargo. Un

colega suyo, me ha dado su número de teléfono... espero no ser inoportuna, tal vez he llamado en una hora inadecuada.

La voz era sumamente afinada: cuerdas vocales de mujer joven, y al parecer muy femenina; debe de tener un buen equilibrio hormonal, conjeturó Florencio Galsgaard. Asimismo, reparó en la inflexión, la entonación y el ritmo de las frases: debía de ser una persona culta. Se preguntó si sería atractiva.

—No es en absoluto inoportuna, Anabel. ¿En qué puedo serle útil? —Ahuecó la voz, para contestar, procurando dotarla de un tono viril pero cordial.

—Verá, doctor, estoy escribiendo una novela de ambiente medieval...

—Ah, novelista —interrumpió Florencio Galsgaard.

—Así es, doctor Galsgaard. El último libro que publiqué se titula *La reina secreta*, transcurre en el siglo XIV, en un país indeterminado de Europa.

—Sí, sí, creo haber leído algún comentario. ¿Era un libro algo fantasioso, no es así? —Lamentó no poder dejar de evidenciar el desagrado que le producía el tema. Un poco tarde, advirtió que el tono de su voz había perdido calidez.

—Pues, claro. Ya le he dicho que se trata de una novela; no hay ficción sin fantasía.

—Sí, sí, ya entiendo. Y ahora, según dice, está escribiendo otra novela de ambiente medieval —intentó hablar recuperando la modulación anterior, aunque temió que la voz le hubiera salido algo meliflua.

—En efecto; transcurre en el siglo XI, durante la primera cruzada. Sé que usted es una autoridad en la materia, de modo que me he atrevido a llamarle para pedirle algunos datos referidos a los usos y costumbres de la época.

Florencio Galsgaard sintió la tentación de preguntarle para qué quería datos, si de todos modos ella se dedicaba a la ficción, es decir, a los embustes. Para escribir novelas no hace falta ningún rigor, tuvo ganas de observar; está permitido introducir toda clase de desatinos; se puede desvariar, se pueden tergiversar los hechos: todo es lícito en ese oficio de delincuentes intelectuales, pensaba él, pero se guardó muy bien de manifestarlo: la voz de Anabel Camargo era demasiado femenina, acaso un poco insinuante. Sentía curiosidad por conocerla personalmente, y se sentía muy solo. Fijaron una cita para la tarde del día siguiente, en una cafetería cercana a la facultad.

Cuando volvió a sentarse frente a su mesa de trabajo, Florencio Galsgaard comprendió que le sería difícil concentrarse en la tarea. No podía quitarse de la cabeza la voz (tan provocativa) y las frases de Anabel Camargo; tampoco pudo dejar de polemizar con su interlocutora ausente: «Sus libros son un tremendo despropósito —le habría dicho— el concepto de "novela histórica" es un absoluto disparate. Novela e Historia son términos opuestos; antinómicos. Sería como decir agua seca, fuego mojado, aire sólido. Ustedes, los "novelistas históricos", enturbian la realidad y confunden a los lectores con sus fantasías inconsistentes; la ficción pertenece al mundo de los sueños, pero la Historia, la verdadera, sólo puede prevalecer dentro de encuadres precisos, objetivos; es producto del registro fiel y minucioso de los datos, de la observación desapasionada, de la estadística, igual que las demás ciencias exactas.» Estaba indignado. ¡Novela histórica, ja! rezongó en voz alta. ¡Y con esa voz!... ¡con esa voz! Sí, debía de ser guapa; tal vez muy pero que muy guapa: es sabido que en los últimos años la industria editorial y los medios promocionan escritoras jóvenes y guapas. Los clientes de las librerías miran la foto, en la solapa de cada ejemplar, y se deciden a comprar cuando entrevén en la mirada y en los labios sonrientes el trasfondo de una vida intelectualmente licenciosa y tórrida. Se apartó de la mesa y volvió a sentarse en el sillón donde solía masturbarse; lo hizo pensando en Anabel Camargo, la que él imaginaba. En el ensueño erótico la visualizaba desnuda y con gafas, arrodillada en el suelo, con el culo muy levantado y leyendo —obligada por él— un ejemplar de

Metodología y regulación del análisis histórico, libro del cual era autor y cuyas dos terceras partes —narradas en primera persona— daban cuenta de su propia vida. Anabel leía en voz alta, casi a gritos, el capítulo XXXVI titulado *Historiografía y enciclopedismo*, interrumpiéndose con gemidos, ayes y sollozos de dolor y placer, mientras Florencio Galsgaard, también con las gafas montadas en su abultada nariz, le introducía su miembro por el orificio anal.

Eyaculó antes de lo previsto y no pudo evitar que unas salpicaduras mancharan la alfombra. Cinco minutos más tarde, fiel al método que se había trazado, anotó en el diario sus últimos pensamientos y su reciente masturbación, incluyendo las fantasías que le dieron pie y la sustentaron. No podía hacer excepciones: cuando muriera, la posteridad debía enterarse no sólo de su testimonio de la Historia, también tendría que ser conocido el instrumento que la observó: Florencio Galsgaard, el historiador. Conocido en todas sus facetas y sin mengua de la información, aunque tal información pudiese implicar un desdoro personal, pues nadie aceptaría de buena gana la descripción de un planeta lejano sin comprender las características del telescopio óptico o el radiotelescopio con el que fue observado. De Herodoto no se sabía gran cosa, ni siquiera se sabía con certeza su fecha de nacimiento y sus orígenes familiares, sus *Historias* están plagadas de mitos religiosos, leyendas y digresiones, pese a que algunos historiadores posteriores proclamaran su objetividad, más que improbable. ¡Herodoto! Tal vez ni siquiera haya existido. Pero de la existencia de Florencio Galsgaard nadie podría dudar en las épocas futuras, y tampoco podría ponerse en tela de juicio la veracidad de su testimonio de los hechos.

Caviló si sería conveniente hacerle conocer todos esos razonamientos a Anabel Camargo. Tal vez podría convencerla para que considerara la Historia con el respeto y la objetividad que ésta merecía, pero cuando el día siguiente ella se presentó en la cafetería (con nueve minutos y medio de retraso, como él comprobó en su reloj de bolsillo: una falta de puntualidad que consignaría en su diario), vestida con un traje sastre color granate —entallado y corto de falda—, Florencio Galsgaard supo que no podría concentrarse en sus argumentos, al menos no esa tarde. Sin embargo, para poder anotarlo lo antes posible, logró registrar mentalmente ciertas características de la mujer: no era tan guapa ni tan joven como la había imaginado, pero tenía unos labios pulposos en un rostro irregular, y a ambos lados de la nariz, algo ganchuda, los ojos daban la impresión de acariciar todo lo que miraban. Estrógenos, se dijo Florencio Galsgaard. Anabel Camargo segrega estrógenos en abundancia. Parecería que salpicara estrógenos hacia los cuatro puntos cardinales. Por eso tiene tan buena voz, por eso me parece ahora tan atractiva. Me estoy excitando, constató, mientras ella se sentaba y, al hacerlo, dejaba ver las rodillas y una sección de muslo muy blanco y no demasiado carnoso, aunque en apariencia bastante tierno. Anabel le sonrió, mostrándole una doble formación de dientes bien cuidados. Hasta pudo verle un poco la lengua, rosada y desprovista de la pátina blancuzca que permite reconocer a los fumadores y enfermos hepáticos. Florencio Galsgaard tuvo constancia de que estaba soltando noradrenalina y testosterona como en las buenas épocas; lamentó no tener allí medios ni excusas que le permitieran medir sobre el terreno los niveles de secreción endocrina de él y de ella, ¡qué poco documentadas serían las anotaciones que al respecto haría luego en su diario! ¡Qué pérdida para los anales de la Historia! Tuvo conciencia de que se le aceleraba el pulso y le aumentaba la transpiración. ¡Qué pena no poder tomarse la presión! ¿Y la de Anabel Camargo? ¿A qué ritmo estaría latiendo su corazón! ¡Qué difícil es registrar los hechos de la Historia, faltando tanta información!

—Da usted la impresión de hallarse un poco ausente, doctor Galsgaard —estaba diciéndole Anabel Camargo. Antes de hacerle esa observación ella había hablado de otras cosas; le había explicado su interés por la historia medieval, su convencimiento de que los diferentes relatos literarios que ha recibido la humanidad constituyen, junto con la poesía y el cantar de gesta, la imagen del mundo que configura el psiquismo individual y colectivo. Él pensaba que no, él creía que todas esas ficciones deforman la representación de la realidad, que era necesario descartar las fantasías y, en cambio, esmerarse en registrar, con menudos detalles, cada uno de los fenómenos que surgen en el devenir, sólo así los hombres tomarían verdadero contacto con la totalidad existente. Algún día tal maravilla sería factible, en el futuro alguien inventaría la forma de identificar a cada hormiga y a cada grano de arena, y jamás caería una hoja de su rama sin que ese acontecimiento quedara asentado en el Gran Libro de la Historia. Ya habían comenzado la sagrada tarea, doscientos cincuenta años antes (y tal vez tres días, y, quién sabe —desgraciadamente—, cuántas horas), D'Alembert y Diderot. Pero aquellos datos aún eran harto incompletos, claro. Sin embargo, con el desarrollo de la informática, todo sería posible. Incluso se podría saber qué cantidad de dopamina, el neurotrasmisor que regula el deseo sexual, según había leído en el tratado de endocrinología de Gilberto Schlöndorff, segregaban en ese mismo instante Florencio Galsgaard y Anabel Camargo. Por su parte seguro que bastante, creía, pues le costaba concentrarse y sus pensamientos parecían querer escapar de la lógica argumentación intelectual para transitar simultáneamente por vías divergentes y acabar enajenándose en la contemplación de esa mujer que ahora le hacía la observación de que se hallaba un poco ausente. ¿Acaso debería hacerle partícipe de todos sus pensamientos y confesarle que, al mismo tiempo, sopesaba las palabras más adecuadas para proponerle matrimonio?

En todo caso Florencio Galsgaard no dio cuenta de sus ideas a Anabel Camargo hasta después de tres meses y tres semanas, ya que esperó a que pasara el día de la boda. Tampoco dijo nada la primera noche, cuando al finalizar cada uno de los dos encuentros sexuales se tomó el trabajo de cotejar la presión sanguínea y las pulsaciones de ambos antes de saltar de la cama a fin de anotar los resultados en el tomo LV de su diario, estrenado al mismo tiempo que su matrimonio. La flamante esposa, que ya había tenido ocasión de advertir algunas extravagancias en el carácter de su marido, esperó a la mañana siguiente para indagar sobre los motivos de semejante conducta.

—Es que registro con inexorable rigor cada una de las particularidades que intervienen en la producción de los fenómenos —dijo Florencio Galsgaard, y continuó con tono aún más grave—: Siempre que puedo lo hago, y procuro no obviar detalle alguno. No olvides que soy historiador, Anabel. Un historiador serio y entregado. Quiero saber la verdad de todo, absolutamente de todo. Por ejemplo, tu edad; veamos: me has dicho que tenías treinta y siete años, pero era mentira; anoche, mientras estabas en el cuarto de baño, revisé tu cartera y encontré tus documentos de identidad. Cuarenta y uno, tienes cuarenta y un años. ¿Qué necesidad tenías de mentirme? Yo, en cambio, siempre te diré la verdad. Te hice saber que tengo cincuenta y dos años, y ésa es la edad que tengo. Puedes ver mis documentos; puedes ver mi acta de nacimiento y la fotocopia de la libreta de familia de mis padres, autentificada por un notario. Tengo cincuenta y dos años, tres meses, once días, y, exactamente —miró la esfera de su reloj de bolsillo— dos horas, veintitrés minutos y diez segundos. Ésa es la edad que tenía hace diez segundos. Ya no, ahora soy diez... no, veinte segundos más viejo. Intento ser veraz, aunque no siempre es posible ser exacto.

—Lo siento, yo no quise engañarte —musitó Anabel Camargo antes de soltar un desolado sollozo.

—Pero has tratado de hacerlo. Ya ves, ¿cómo podré creerte en el futuro?, ¿cómo podré saber, el día de mañana, si no me engañas con otro tramposo novelista y le haces una felación, o algo peor aún? Está bien, no llores. Yo te amo, te deseo con locura. Mira, de tan sólo imaginar una posible infidelidad de tu parte me he excitado... ¡Ya ves cómo eres!

—También yo te amo, Floren... ¡Nunca te sería infiel! —gritó Anabel Camargo. Con tal fuerza lo proclamó, que la normalmente acaramelada modulación de su voz se volvió de alambre de espino.

El profesor de historia la tomó en sus brazos y la llevó a la cama, Anabel Camargo se dejó desnudar y después participó activamente; lo hizo con gusto, pero volvió a sentirse incómoda cuando Florencio Galsgaard, una vez consumado el orgasmo, de nuevo procedió a tomar la presión de ambos y, esta vez, también muestras de saliva, para apreciar la glutinosidad de la de él y la de ella.

—¿Siempre haces estas cosas, Floren? —Lo observaba llevar a cabo aquellos procedimientos, sin que la agitación del hombre, ni los sarpullidos de su curiosidad, lograran arrancarla del estado de languidez en el que se refugiaba.

—¿Te refieres a que procuro constatar los motivos y las consecuencias de las acciones humanas? Claro, siempre que puedo lo hago. No es admisible vivir en la ignorancia, y menos un historiador. Normalmente, también, suelo pesarme antes y después de cada comida; y antes y después de defecar y orinar. Ahora mismo, Anabel, vamos a pesarnos para comprobar cuántos gramos hemos perdido durante el coito —le tendió su mano para obligarla a salir de la cama y la condujo hasta la báscula del cuarto de baño.

Ella obedeció, con resignada apatía, y más tarde, mientras él hacía las obligadas anotaciones y ella iba vistiéndose, volvió a contemplar —no sin aprensión— las estanterías repletas de libros e instrumentos de medir, analizar, pesar y calcular. Había en esas estancias, pese a la gruesa capa de polvo que cubría los libros, muebles y demás objetos, una rúbrica de persistente obstinación, no menos abismal que la que marcaba los rasgos y los esporádicos fulgores que despedían los ojos de Florencio Galsgaard. Por primera vez desde que lo conoció dudó de su buen juicio por haberlo aceptado en matrimonio y por haberse dejado llevar a ese apartamento poblado de obsesiones que no compartía. Aunque vacilándole la voz, se atrevió a proponerle que buscaran otro ámbito para hacer de él el hogar común. Un apartamento quizá más amplio y más iluminado por el sol, que podrían amueblar y decorar según el gusto de ambos.

El profesor de historia soltó el bolígrafo y levantó la vista de la página 3 del tomo LV de su diario. Calándose las gafas, clavó sus ojos en Anabel Camargo, como si la viera por primera vez y, al hacerlo, descubriera un ejemplar nunca antes catalogado. Pero, temiendo que algo se rompiera entre ellos, midió sus palabras al iniciar la respuesta. Arguyó que en los tiempos que corrían el precio de alquiler o de compra de inmuebles era muy elevado, sobre todo en función de los ingresos del matrimonio. Mejor sería que permanecieran allí, por lo menos hasta que prosperaran, dijo con acento comedido. Él haría más sitio en los armarios para que Anabel pudiera acomodar sus prendas, y le compraría una mesa para su ordenador, en el que podría seguir escribiendo aquellas imposturas literarias que hacían perder el tiempo a los incautos y les deforman la mente, pero que a ella le daban algo de dinero y algún día, quizá, fama —añadió, alzando la voz, pues empezaba a enardecerse—. Además, ese lugar era el más adecuado si es que iba a ayudarle con la información que ella necesitaba a fin de completar su última novela de ambiente medieval, dijo, dando marcha atrás y recobrando el tono mesurado, ya que había percibido una manifiesta impaciencia en el rostro de su cónyuge.

—¿De verdad? ¿Me ayudarás con mi novela? —exclamó Anabel Camargo, volviéndole la esperanza al ánimo.

—Claro que sí, cariño. Te lo prometí el día que nos conocimos.

Esas palabras a ella le parecieron pura miel. Por primera vez la llamaba cariño. Él era humano.

—¿Y cuándo, cuándo podremos empezar?

—Ahora mismo, Anabel. Verás: he estado leyendo tus borradores. Hay una parte en la que dices que el conde Rigoberto, antes de partir a las cruzadas tiene la precaución de colocarle un cinturón de castidad a la condesa. Es necesario que lo corrijas: eso de los cinturones de castidad es algo de lo que nunca ha habido pruebas de su existencia, lo más probable es que se trate de leyendas populares. Pero en tu escrito pones algo peor: sostienes que el cinturón era de acero inoxidable... ¡Acero inoxidable en el siglo XI! ¿Tienes idea de las barbaridades que puedes escribir? El acero inoxidable es muy reciente en la historia; sin embargo, en el siglo XI casi no se conocían siquiera las formas más burdas del acero; apenas era producido en cantidades minúsculas por corporaciones de artesanos que conservaban en riguroso secreto los métodos de su fabricación. Puedes hablar de hierro, de hierro dulce fundido a temperaturas comparativamente bajas, pero acero no... ¡Acero no, Anabel! Y menos acero inoxidable... ¡Válgame Dios!

—Perdóname, Floren... yo no sabía.

—¿Que te perdone? ¿Quieres que te perdone? No es a mí a quien deberías pedir perdón, querida mía; deberías pedírselo a tus sufridos lectores. Tienes que ser más rigurosa en tu trabajo; tienes que documentarte muy bien antes de escribir cualquier cosa. Tienes que cambiar, Anabel, ¡tienes que cambiar! Es necesario que hagas fichas, que anotes todo... absolutamente todo, empezando por tus propias acciones, tus impulsos, tus pensamientos y sentimientos. Aprende de mí; yo lo hago. ¿Ves esos diarios? Son los registros de mi vida. Estas estanterías que observas a tu izquierda están ocupadas por mis diarios. Quiero que los leas. Quiero que los leas todos y te enteres de mis intimidades más íntimas. Mañana mismo te traeré una docena de cuadernos para que hagas lo mismo... ¿Sí, cariño? ¿Te parece bien? Haremos que las generaciones venideras conozcan nuestras vidas al dedillo, de otro modo jamás acabarían de creer el testimonio que ofrezcamos de nuestra época y de los tiempos pasados. No te preocupes, yo leeré tus diarios, al igual que tú leerás los míos, y me tomaré el trabajo de vigilar que consignas en ellos sólo la verdad. Nada más que la pura y aséptica verdad.

Anabel Camargo respondió asintiendo con la cabeza. Lo cierto era que de haber querido opinar no le hubiera salido la voz. Temblaba como una cuerda de guitarra, y continuó todavía un buen rato bajando y subiendo el mentón para mostrar su acuerdo y evitar así que Florencio Galsgaard incrementara su furiosa vehemencia. Pero él estaba ya muy lanzado y no quiso desaprovechar el impulso, de modo que elevó el tono y se afirmó en el sermón, encarrilándolo hacia el terreno donde le brotaban sus arraigados afanes vinculados a la veracidad y la exactitud de los testimonios históricos, y también a la importancia de analizar los hechos del pasado afirmándose en datos rigurosos, sin caer en las tendencias literarias de un Carlyle — estipuló —, con su admiración por los héroes de cartón piedra y su propensión al romanticismo falsificador. El mismo vicio (el romanticismo) que afectó a Michelet, quien pese a decantarse por una ideología contraria (a la de Carlyle), dejó que le arrastrara igualmente el nefasto lirismo que tanto desvirtúa la realidad. Y para qué hablar del absurdo irracionalismo de un Vico o de un Herder.

Los infinitos razonamientos de Florencio Galsgaard alentaban el mutismo de Anabel Camargo y le causaban enorme fatiga. Sin embargo, también le amedrentaban, no atreviéndose a interrumpir su inflamada prédica, tan solemne y tan rebosante de erudiciones y referencias (Herodoto, Tucídides, Gibbon, Fichte, Marx, Toynbee...). Los argumentos del profesor, cuyas lógicas se oponían, bifurcaban y entrelazaban, acababan confluyendo, enmarañadas, en la incontestable certeza que proclamaba a su marido como el primero y único historiador verdadero sobre quienes le precedieron: meros lenguaraces e improvisadores. Y cuando en días posteriores ella fue llenando las páginas de aquellos obligatorios cuadernos, se aplicó con sumisa disciplina a reseñar las minucias de su actividad cotidiana. Para escribir su diario había postergado la actividad de novelista, dejándolos paralizados al conde Rigoberto y a la condesa en el instante que aquel colocaba el cinturón de castidad inoxidable en el pimpollo (había escrito Anabel Camargo) de su amada. Pero ni aun esta renuncia de la autora a su propio arte, y la orfandad de estatuas a la que había condenado a sus personajes, conmovía a Florencio Galsgaard, quien cada vez que inspeccionaba los cuadernos de su esposa encontraba ocasión de poner algún reparo:

—Aquí consignas que ayer, después de almorzar, pasaste al cuarto de baño. Pero no especificas la actividad fisiológica a la que te has dedicado, así como la naturaleza, cantidad, consistencia y color de lo que expulsaste del cuerpo.

—No creí que fuera importante, Floren —balbució Anabel Camargo.

—No creí que fuera importante, no creí que fuera importante —parodió el profesor, aflautando su voz para ridiculizar la de ella—. Te he dicho mil veces que todo es importante; absolutamente todo. ¿Cómo quieres que las generaciones venideras confíen en el testimonio que presentemos de nuestro tiempo, y de la Historia, si ni siquiera nos atrevemos, como testigos, a dar cuenta de nuestros actos cotidianos?

Así, un día tras otro, él controlaba el diario de su mujer y la obligaba a leer el suyo propio, para comprobar que no había contradicciones entre lo que ambos manifestaban.

Exigía sobre todo que ella anotara con rigor sus acciones y las circunstancias que vivía estando él ausente. En especial lo relacionado con las personas con las que se cruzaba durante la jornada, y más si se trataba de hombres. Cuando el profesor dictaba clases nocturnas, al regresar de la facultad solía encontrarla dormida, entonces se preparaba una cena frugal y después de apuntar los hechos del día en su propio diario, examinaba el de ella, prestando a cada palabra la atención del tendero que hace el arqueo de caja después de cerrar.

«... así, la compra en la verdulería demandó 8 minutos de mi tiempo (desde las 17:16 h a las 17:24 h) Adquirí medio kilo de tomates, que sumaron 5 unidades de mediano tamaño; 1 kilo de naranjas (5 unidades grandes, de aproximadamente 65 mm de diámetro); 2 kilos de patatas medianas (13 unidades de variados tamaños)...»

Anabel está aprendiendo a hacerlo bien, ¡bravo!, se felicitó Florencio Galsgaard. Ella describía con precisión el género, la cantidad, calidad, peso y volumen de todo lo que adquiría. Inmediatamente detallaba el trato del vendedor o la vendedora, dando cuenta de su sexo, edad aproximada y características físicas. Después consignaba el precio de la compra y la cantidad y clase de los envoltorios; el itinerario que había elegido para regresar al hogar y la distancia recorrida; las personas con las que se había cruzado en el trayecto y la apariencia de la mayoría de éstas (las que lograba recordar), y, si por el camino se encontraba con vecinos, los mencionaba, sin dejar de poner de relieve los modales de cada uno al saludar. Florencio Galsgaard podía seguir así los pasos de su mujer. Le parecía verla subir en el ascensor, abrir la puerta del apartamento, y dejar la compra en el suelo para atender el teléfono que sonaba en ese mismo instante.

«Me telefoneó mi agente literario. Intentó convencerme de que continuara escribiendo mi novela, pero le dije que por el momento tal cosa no era posible, pues me hallaba viviendo una nueva etapa de mi vida. Acordamos que mañana discutiremos el tema. Quedé en pasar por su despacho a las 18:30 h. Nos despedimos afectuosamente, y, después de colgar, a las 17:34 h, recogí la compra y la llevé a la cocina.»

¡Cómo que «mi» agente literario! ¿Hombre o mujer? Esa frase, en la que el pronombre suplantaba al artículo, dejaba sin definir el sexo. Ella tenía que haberlo hecho; tenía que haber aclarado si se trataba de «la» o «el» agente literario. ¿Quizás esperaba que él se lo preguntara después de leer su diario? ¿Pero acaso no habían acordado que era obligatorio precisar todos los detalles? ¿Y qué significaba eso de que se habían despedido afectuosamente? ¿Cómo de afectuosamente? ¿Y qué clase de afecto?

Florencio Galsgaard retomó su propio diario:

«Son las 23:33 h. Acabo de pasar revista a las últimas anotaciones (pág. 56, tomo I) del diario de Anabel (ver). Lo que allí dice me confirma que nunca puede uno fiarse de los/las novelistas y demás fabuladores. Ahora no sé si ha escrito la verdad o —nuevamente— le ha dado por soltar las riendas de su imaginación, tal vez para provocarme. En todo caso, siempre es mejor prevenir que curar. Mañana por la tarde, al terminar mi clase de historia del Renacimiento, pasaré por un taller especializado en cerrajería de precisión y pediré presupuesto para hacer que confeccionen un cinturón de castidad de acero inoxidable. Después, seguramente tendré que tomar las medidas anatómicas de Anabel. Le explicaré que la cualidad de inoxidable del cerrojo, y el buen ajuste que ha de tener, le evitará excoriaciones y demás molestias. Sólo tendrá que llevarlo durante parte del día, pues, obviamente, se verá libre de él todo el tiempo que esté conmigo.»

A la mañana siguiente Anabel Camargo encontró el diario de su marido abierto en esa página. Él aún dormía, o fingía estar durmiendo. En todo caso ella terminó de vestirse y acicalarse en silencio. Después salió sin hacer ruido. Tomaría el desayuno en un bar.

Diez minutos más tarde Florencio Galsgaard se levantó de la cama. Entró al cuarto de baño para orinar, lavarse y afeitarse. A continuación se puso ropa interior limpia y vistió su traje de los días de semana. Seguidamente comprobó que su diario continuaba abierto sobre la mesa del comedor, pero había sido movido unos ocho centímetros de la posición en que lo dejara la noche anterior: no tuvo dudas de que su esposa había leído las últimas anotaciones. Ahora se lo pensará más de tres veces antes de cometer el menor desliz, se dijo. Sonrió para sí y movió la cabeza a derecha e izquierda, como queriendo significar ¡qué chica ésta! También él desayunó en un bar, antes de ir a la facultad.

Florencio Galsgaard esa noche, igual que la anterior, regresó tarde al apartamento. En realidad regresó mucho más tarde: a las 00:15 h. Lo hizo expresamente. Quería encontrar a Anabel durmiendo para así poder leer a solas y con tranquilidad las nuevas anotaciones del diario de su mujer. Tenía la seguridad de que éstas serían muy interesantes. No imaginaba hasta qué punto.

Había comido fuera, de modo que sólo se preparó un café y lo llevó al comedor. El diario de Anabel estaba encima de la mesa. Antes de sentarse se dirigió al dormitorio y entreabrió la puerta para comprobar que ella dormía a gusto y respiraba con ritmo sosegado.

«A las 18:30 h. llegué puntual al despacho de mi agente literario. Él personalmente me abrió la puerta.»

De modo que es «él». ¡Un hombre! Su agente literario es un hombre. Y finalmente ella acudió a la cita. Florencio Galsgaard nunca había creído que lo haría, sobre todo después de que ella leyera las palabras que él había escrito en su propio diario.

«Pedro es un hombre que siempre me resultó simpático, y, para ser sincera, también bastante atractivo.»

Así que Pedro. ¡Se llama Pedro! A ella le parece simpático y atractivo.

«Tal vez es un poco más joven que yo; en todo caso debe de andar por los cuarenta, aunque no puedo saberlo con exactitud, ya que no he visto sus documentos. Es moreno, eso sí, con algunas canas; alto y delgado (aproximadamente un metro con ochenta y cinco centímetros —u ochenta y seis—; debe de pesar unos setenta y siete kilos —o setenta y ocho—). Su voz es profunda y viril, como todo su aspecto. Vestía un pantalón gris claro, de franela, y una americana de color azul marino, con botones dorados. Camisa azul celeste y corbata azul oscuro, con pintas rojas. Mocasines marrones, del número 43 o 44.

»Me hizo pasar y sugirió que me sentara en el sofá de cuero negro que tiene al lado de la ventana de su estudio, y no, como otras veces, en una silla de respaldo redondeado, frente a su escritorio de roble de 1,20 m x 0,80 m. En ese momento debo de haber comenzado a segregar estrógenos, pero ignoro en qué cantidad.

»El sofá de cuero negro mide justo dos metros; me lo dijo él cuando se lo pregunté, aunque no me atreví a confiarle que necesitaba la información para consignarla en este diario. Yo me senté junto a uno de los brazos (el del extremo derecho), y Pedro lo hizo a mi lado, pero antes me preguntó si quería beber alguna cosa. Le dije que whisky con hielo. Él sirvió un par de vasos. Desgraciadamente no tomé nota de la marca.

»Después de brindar por nuestra mutua felicidad bebimos un par de sorbos cada uno, enseguida él —que seguramente ya estaba segregando mucha testosterona, noradrenalina, y, ¿por qué no?, intensas ráfagas de feromonas— posó su mano cálida, de dedos largos y sin anillos, en mi rodilla (la izquierda) y me preguntó que cómo era eso de que no pensaba seguir escribiendo. Yo le conté que me había casado con un tipo estrafalario que me impedía escribir novelas, y, en cambio, me presionaba para que redactara un diario interminable en el que debía consignar, con minuciosidad, todos los hechos de mi vida. Pedro suspiró, expeliendo cerca de medio litro de aire, y dijo que eso no podía ser, que estaba arruinando mi existencia, y que lamentaba que me hubiera casado con otro, pues él siempre me había deseado. Le respondí que a mí me pasaba otro tanto, pero como nunca se me había declarado, no tuve más remedio que aceptar la oferta del profesor Galsgaard; de lo cual estaba muy arrepentida.

»Acto seguido él aproximó su rostro al mío, hasta la distancia de unos ocho centímetros y medio. Yo arrimé mi propio rostro, haciendo que la separación se acortara seis centímetros, con más o menos cuatro milímetros. Inmediatamente, Pedro juntó sus labios con los míos, y los dos teníamos la boca entreabierta, por lo que dejé asomar mi lengua la mitad de su extensión total y la junté con la suya, que era muy voluminosa y muy pujante, y que no tardó en introducir en mi cavidad bucal llenándomela con su propia saliva no muy espesa. Recordé en ese momento la frase del célebre historiador Beltrán, que fuera colega de Taine —aunque aquel nunca reprobó la Revolución Francesa— quien sentenció que el beso de los amantes es equivalente a un cataclismo cósmico en su escala correspondiente. Unos veintiséis o veintisiete segundos más tarde Pedro pasó su mano por debajo de mi falda para tocar mi pimpollo —que así es como suelo mencionar en mis libros a esa parte de la anatomía femenina; algunos opinan que es un término desafortunado, pero a las lectoras no les desagrada— y no pareció asombrarse por el hecho de que yo no llevara bragas, una prenda que, según la opinión de Lewitzky y de Andrade, no se usó en Occidente hasta bien entrada la Alta Edad Media. Habiendo alcanzado mi nido de fuego con sus dedos como culebras amorosas —metáforas que los críticos considerarían cursis, pero que también agradan a las lectoras—, Pedro jugueteó allí en tanto que el ritmo de mis latidos subían hasta las 115 pulsaciones o más. En ese momento mi consciencia se oscureció, impidiéndome registrar con nitidez las acciones inmediatas, pero sí recuerdo que de pronto me encontré desnuda, mientras que mi amante tenía bajados los pantalones y presentaba ante mi vista un órgano viril como de diecisiete centímetros de longitud, es decir, veintidós milímetros más largo que el de mi marido, y cuyo calibre sería de cuatro centímetros y medio, por lo que vendría a ser cinco milímetros más estrecho que el de Florencio. Aquella visión debió de haber descontrolado la actividad cortical de mi cerebro, ya que no pude resistir el instinto de succión, lo cual volvía a demostrar el acierto de las teorías del doctor Freud respecto a la añoranza del pecho materno y la envidia femenina del pene masculino. Volví a perder la noción de los hechos, y sólo la recuperé cuando sentí mi boca anegada de un líquido viscoso y tibio. En ese momento, al parecer, Pedro retiraba su órgano viril de mi cavidad bucal, al tiempo que yo se lo sostenía con mis dedos pulgar e índice, cuyas uñas —como todas las de mis manos— estaban pintadas de rojo intenso, que como bien se sabe es uno de los colores primarios.»

La muy cochina utiliza el subterfugio del descontrol cortical y la pérdida de la noción de los hechos como excusa para obviar los detalles, pensó Florencio Galsgaard. Son meras cortinas que agilizan la narración y sirven para orillar las escenas más escabrosas. Recursos baratos de novelista, rezongó entre dientes. Todo el relato debía de ser una patraña: Anabel ha vuelto a las andadas, es una viciosa de las ficciones. ¿Pero si fuera cierto que ella le había sido infiel? Dejó caer el diario y se llevó las manos a la cabeza. ¿Qué haría él si su esposa fuese de verdad una sucia adúltera? ¿Cómo podría castigarla?

Florencio Galsgaard abrió el bargueño donde guardaba tres botellas, una de anís y las dos restantes de licor de guindas. Se las había traído, hacía bastantes años, un primo del campo. Nunca las había estrenado. Destapó una botella de licor y se sirvió medio vaso, de los de agua, y aunque no estaba acostumbrado a beber alcohol, lo vació en dos sorbos. Recogió el diario y volvió a sentarse a la mesa.

«Ahora Pedro estaba aliviado, pero yo seguía excitada. Le quité la americana y comencé a aflojarle el nudo de la corbata; él terminó de desvestirse. Efectué un mohín, juntando los labios y abracé mi cuerpo desnudo al suyo. Enseguida procedí a acariciarle la oreja derecha y le pregunté si todavía me quería.»

Florencio Galsgaard se sirvió otro medio vaso y lo bebió en dos sorbos. Continuó leyendo.

«Pedro me dijo que sí, que me quería mucho. Nunca había conocido una escritora tan inteligente y guapa como yo, aseguró. Así que le pregunté si de verdad creía, como cierta vez me había dicho, que las novelas y toda clase de cuentos y ficciones ayudan a conformar la imagen del mundo. Sí, dijo él, mientras con su mano derecha acariciaba mis nalgas. Le pregunté si para afirmar eso había tenido en cuenta el libro tercero de la obra de Schopenhauer *El mundo como voluntad y representación*. Él ya había aferrado mis dos nalgas con sus dos manos y enseguida se colocó a mis espaldas haciéndome apoyar el torso contra los almohadones del sofá. Le pregunté si se había referido parágrafo 49, donde el filósofo de Dánzig establece la diferencia entre idea y noción. Como no me daba ninguna respuesta volví a repetir la pregunta, pero él continuó sin responder: estaba muy concentrado intentando introducir su miembro en mi orificio anal. Yo le dije que temía que me doliera, pero Pedro me prometió proceder con suavidad y me pidió que mojara mis dedos con saliva (la mía) y le untara con ésta el pene, de modo que sirviera como lubricante. Seguí sus instrucciones, y seis segundos y dos décimas después percibí cómo mi amante entraba en mi ser por la puerta de servicio. En ese momento volví a perder la noción del mundo, y, de acuerdo con Schopenhauer, también la idea. Pero muy rápido volví a recuperar mi lucidez y, para mi gran asombro, descubrí una nueva fuente de placer. Mientras Pedro pujaba y se retiraba y volvía a pujar con extremado brío, yo le hacía partícipe de los comentarios del sexólogo Bertold Ford, referentes a que el coito anal, también llamado sodomización, más que un acto sadomasoquista —como pretende la creencia vulgar— implica una forma exaltada de amor que rompe con los tabúes religiosos. Qué bien, dijo él, y lo dijo con la voz entrecortada, pues estaba logrando su orgasmo, y yo también estaba lográndolo, y le grité entonces que lo amaba, y él me dijo que también, pero me pidió que moderara el volumen de mi voz a fin de no escandalizar a quienes en ese momento trabajaban en otros despachos del edificio.»

¡Lo ha hecho con otro! ¡La muy puta lo ha hecho con otro! —masculló Florencio Galsgaard—. Tantas veces que él se lo había pedido y ella se lo había negado, y esa misma tarde le había concedido a otro hombre lo que nunca había querido darle a su propio marido. ¿Qué iba a hacer él ahora? Por lo pronto beber más licor de guindas. Llenó el vaso y bebió sin respirar. ¿La mataría? Sí, quizá debería matarla; quizá debería acabar con ella de inmediato, aprovechando que dormía. Un tiro en la cabeza y... ¡se acabó! Pero eso no era posible: él no tenía un arma de fuego; nunca había tenido una. Fue a la cocina en busca de un cuchillo. Había uno de picar, pero lo desechó cuando le vino a la mente la imagen de los estragos: el cráneo roto y sangre por todas partes. Había un cuchillo de punta, con mucho filo, que se utilizaba para cortar carne en lonjas finas. Ése era el adecuado para clavárselo a Anabel en el corazón. Lo aferró por el mango y volvió con él al comedor. Otra vez se sentó a la mesa para continuar leyendo el diario de su esposa.

«Después volvimos a sentarnos en el sofá, y fue entonces cuando Pedro me pidió que dejara a mi marido y me fuera a vivir con él. No tuve que pensar dos veces mi respuesta. Le contesté que sí, que sí, que sí. Tres veces se lo dije: sí, sí, sí. Mi entusiasmo volvió a exacerbar su libido insaciable, así que hicimos de nuevo el amor. Pero no quiero continuar con los detalles. Estoy aburrida de tantos detalles. Estoy cansada de tener que especificar todo lo que hago y dejo de hacer. Estoy harta de tener que escribir este diario. No volveré a escribir un diario en mi vida, tan sólo me dedicaré a escribir novelas y a hacer el amor.»

Así que ésas teníamos. Claro, ¿qué podía esperarse de una fabuladora profesional? Ella siente aversión por detallar con precisión los hechos, ella sólo sirve para inventar ficciones. Sí, tal vez toda esa historia del sucio adulterio no fuera otra cosa que una ficción, ya lo había pensado antes. Pero aun así, Anabel lo había engañado. De una u otra manera, lo había engañado: merecía morir. Todavía le quedaban unas líneas por leer.

«De modo que esta noche dormiré por última vez en el apartamento de Florencio. Mañana por la mañana haré las maletas y me trasladaré a casa de Pedro, como hemos convenido. Espero que a esa hora mi marido ya se haya marchado. No tendré necesidad de comunicarle mi decisión cara a cara; total, él ya lo sabrá todo. Se habrá enterado, según su costumbre, fisgoneando lo que acabo de escribir. Espero que le aproveche. Ahora me voy a la cama. Me encuentro muy cansada después de un día tan agitado. Buenas noches, doctor Galsgaard.»

Florencio Galsgaard comenzó a ponderar las palabras con que anotaría en el tomo LVII de su diario sus próximas e inmediatas acciones. Con un metro de modista que había pertenecido a su madre midió la longitud de la hoja del cuchillo, y lamentó que el rollo de cinta no tuviera al menos la precisión de la barra que fuera utilizada para establecer el metro patrón, en el año 1875, pues ese dato merecería ser consignado con absoluta exactitud una vez que hubiera llevado a cabo el ajusticiamiento de Anabel. Esos hechos ya no los escribiría, seguramente, en su mesa de trabajo del apartamento; se veía continuando la redacción de sus diarios en la quietud de una celda. No creía que lo recluyeran muchos años: cuando los miembros del jurado leyeran lo escrito por su esposa, la prueba serviría de atenuante y estimarían que él había actuado con pasional enajenación. Existían numerosos precedentes jurídicos; el último databa del año 1996: el Estado contra Marcial Hernández, quien había calcinado con un lanzallamas de fabricación casera a su cónyuge y al amante de ésta, después de sorprenderles en pleno ejercicio del adulterio. Hernández fue condenado a nada más que cuatro años, y sólo cumplió la mitad de la pena.

A mitad del trayecto entre el comedor y el dormitorio, con el mango del cuchillo bien asido con su mano derecha, cambió de idea. La aguja de mechar sería mejor instrumento, pensó. Volvió a la cocina; dejó el cuchillo de cortar carne en el lugar de siempre, y se hizo con la aguja de mechar. Se imaginó clavándosela a Anabel en la faringe: una punzada rápida y muy precisa, que no le hiciera manar demasiada sangre; ella demoraría unos minutos en morir, y entonces tendrían tiempo de mirarse a los ojos. Si hasta parecería que Anabel quisiera facilitarle las cosas, ya que cuando él se plantó junto a la cama, después de entrar al cuarto en puntas de pie, ella yacía boca arriba y, candorosamente, presentaba la garganta para el sacrificio. Respiraba con aspiraciones profundas y rítmicas. Florencio Galsgaard alzó la aguja de mechar, y entonces advirtió que su mano y todo su cuerpo temblaban como una brizna azotada por un ciclón. Se mantuvo así, indeciso, durante quizá más de cinco minutos, hasta que tuvo la certeza de que nunca podría hacerlo. Supo que jamás sería un verdugo. Tampoco era un hombre de acción. Él era un intelectual y un historiador prestigioso; la violencia no era lo suyo.

Abatido, Florencio Galsgaard salió del dormitorio conyugal y volvió a la cocina para dejar la aguja de mechar en su sitio. Después se sirvió otro poco de licor de guindas, se hizo con el diario de Anabel, y fue a sentarse en su sillón preferido. Releyó los pasajes que daban cuenta —de manera no tan detallada como él hubiese exigido— del adulterio de su esposa. Un rato más tarde empezó a masturbarse.

José María Conget

(1948)

El zaragozano José María Conget, que actualmente vive en Sevilla, ha ejercido la enseñanza y la gestión cultural en distintos lugares de España y en Escocia, Perú, Inglaterra, Estados Unidos y Francia. Ha publicado las novelas *quadrupedumque* (1981), *Comentarios (marginales) a la guerra de las Galias* (1984), *Gaudeamus* (1986), *Todas las mujeres* (1989), *Palabras de familia* (1995), *Hasta el fin de los cuentos* (1998) y *La bella cubana* (2015), así como los libros de relatos *Bar de anarquistas* (Editorial Pre-Textos, Valencia, 2005), al que corresponde «Una investigación literaria», *La ciudad desplazada* (2010) y *La mujer que vigila los Vermeer* (2013). Asimismo, cuenta con el volumen sobre ciudades *Pont de l'Alma* (2007) y con el conjunto de artículos *Espectros, parpadeos y shazam!* (2010). Tiene también en su haber escritos como *El olor de los tebeos* (2004) y *Viento de cine. El cine en la poesía española de expresión castellana. Una selección* (2002), y libros de género misceláneo como *Cincuenta y tres y Octava* (1997), *Vamos a contar canciones* (1999) y *Una cita con Borges* (2000).

Una investigación literaria

Antes de la investigación al Erudito no se le habría ocurrido que entre los escritores A y B hubiera podido existir jamás relación alguna: coincidieron unos años en el planeta y en el mismo país, pero sus intereses literarios, sus personalidades y no digamos su prestigio, los ubicaban en ámbitos tan apartados uno del otro que ni siquiera se les podía aplicar el adjetivo de irreconciliables, pues nadie en su sano juicio asociaría sus obras o sus biografías. A era un cuarto de siglo más joven, había cosechado triunfos desde su primera publicación, su nombre lo identificaban incluso quienes nunca leían libros y varias de sus novelas fueron trasladadas al cine por directores de fuste y estrellas de moda con algunas de las cuales el autor compartió más de un lecho, más de una portada de revista. B, por el contrario, encarnaba a esos oscuros escribidores de provincia que en ediciones regionales de distribución estrictamente local van edificando un monumento al fracaso de sus ambiciones, a la inutilidad de la paciencia y la derrota de la constancia; sus poemarios o relatos, que con una mezcla trémula de esperanza y servilismo dedican, tras el epíteto de «maestro», a los colegas de primera división de paso por el páramo levítico, permanecen para siempre en los aledaños sin cartografiar de la geografía de la fama, en los sótanos más

recónditos de las historias de la literatura. Hasta que el ago-
tamiento de los grandes temas y los grandes nombres obli-
gan a los académicos a indagar entre los escritores de cuarta
y a crear una galería de preteridos sobre los que proyectar la
implacable luz de su ojo crítico.

O eso era lo que el fatigado Erudito razonaba cuando la
ley universitaria del publicar o morir, y la conciencia sorda
de que sus trabajos hasta la fecha consistían en una repetición
desidiosa de lo que habían dicho otros que a su vez copiaban
a exégetas más antiguos, lo impulsaron hacia la búsqueda de
escritores marginales, raros y ocultos, y a concentrarse entre
los relativamente recientes del siglo que se había despedido
hacía poco más de dos décadas. De hecho, pensó en B porque
era paisano suyo y el Erudito, de adolescente, había leído con
gusto en la prensa de su ciudad algunos artículos de aquel
opaco individuo, ya viejo por entonces. Recordaba que B ejercía de narrador, incluso recreaba borrosamente la portada de
un libro suyo —¿podía titularse *Estrategias del tedio?*— que
durante algún tiempo presidió la sección «Autores autonómi-
cos» en los anaqueles de la única librería del lugar digna de
ese nombre. También evocaba el vago perfil de un anciano
pálido, inexpresivo y completamente calvo que se sentaba
junto al catedrático de francés cuando había una conferencia
importante en el Ateneo. Por lo menos, y si no le fallaba la
memoria de aquellas columnas periodísticas, B escribía con
corrección y no sería un suplicio leer su obra, o parte de ella,
para pergeñar una conferencia que le permitiera participar en
el seminario del próximo octubre sobre «Literatura, literaturas: Liminares y canónicos» y en todos los similares que fueran cayendo a lo largo del curso.

Ni en su biblioteca privada ni en la de la universidad,
con ser tan completa, figuraban los libros de B, que fue a buscar a la Nacional. Había registrados allí cuatro volúmenes del
autor, tres novelas y una colección de cuentos, no toda su obra
pues en las solapas de esos libros comprobó el Erudito que se

citaban un poemario primerizo y un par de títulos más «de inclasificable inspiración autobiográfica», publicados todos en la sórdida Ciudad de Provincias. El Erudito comenzó por la novela más moderna, *Cómputo de fantasmas*, con el cansancio previo del que se apresta a un aburrimiento ineludible. Le sorprendió, sin embargo, un estilo sinuoso e irónico que canalizaba las historias de unos personajes mediocres pero con sueños formidables: conforme sus vidas se envilecían en un marasmo de monotonía, sus sueños, que ocupaban más y más páginas de la novela, adquirían una espectacularidad, misterio y maravilla que desviaba el libro hacia el terreno de la literatura fantástica sin abandonar la ramplona realidad del núcleo argumental. El Erudito leyó con inesperado placer hasta que se tropezó con el escándalo y el desengaño: en la página 87, hacia la mitad del tomo, el funcionario de correos que podría considerarse protagonista de la narración, tenía «el sueño del diablo», es decir, el escritor B reproducía con tremenda desfachatez uno de los capítulos más famosos de la novela que se había constituido en clásico indiscutible del siglo pasado, *El azar de las estrellas*, del gran A. El Erudito se removió en el asiento con rabia. Una cosa era rescatar a un escritor menor, o mínimo, en un simposio académico, y otra dedicar su ponencia a un plagiario desvergonzado. El silencio crítico que rodeaba la obra de B adquiría de pronto unos tintes misericordiosos. El Erudito comprobó por si acaso las fechas de edición: la primera (única, por supuesto) de *Cómputo* era de 1992 y todo el mundo sabía que A había dado a la luz *El azar de las estrellas* dos años antes. Ahora bien, ¿con qué estúpida finalidad había copiado B un episodio que era célebre desde que se publicó el libro de A y que ni el gacetillero más despistado, en el caso improbable de que algún gacetillero hubiera cometido el desliz de interesarse por las obras de B, habría dejado de señalar como una obvia zafiedad? Las razones sicológicas de un acto semejante no entraban en el espectro de sus investigaciones académicas y el Erudito procuró sortear una cadena de pensamientos que no le llevaban a nada práctico. ¿Valía la pena seguir leyendo? Debía reconocer que, prescindiendo del capítulo plagiado, la novela le entretenía, o sería más exacto afirmar que le fascinaba, así que, irritado pero curioso, volvió a abrir *Cómputo de fantasmas* y casi de inmediato se vio enfrascado de nuevo en la extraña combinación de delirios oníricos y el minucioso inventario de rutinas sin horizonte que reflejaba las existencias diurnas de los personajes. Y se terminó la novela de un tirón a pesar de que los plagios, reducidos a la reproducción de pequeños detalles —las tendencias obsesivas del protagonista, un juego infantil—, salpicaban la historia que no se parecía a la famosa de A (para empezar, *El azar de las estrellas* transcurría en escenarios internacionales, de París a San Francisco, y sus sofisticados pobladores jamás habrían dirigido una mirada de soslayo a las grises criaturas que inventaba B), pero usaba arbitrariamente algunas de sus más conocidas anécdotas. En días sucesivos el Erudito leyó los otros libros del provinciano, todos anteriores a *Cómputo* que debió aparecer no mucho antes de su muerte, y en ninguno volvió a pescar copias de A ni de ningún otro autor, pero sí reencontró la atmósfera opresiva y cómica que caracterizaba la primera obra que había leído. Por ejemplo, *Manipulaciones del tedio*, que era el título real de la novela cuya portada recordaba, tenía lugar en un internado de muchachos dirigido por curas; sus antihéroes eran adolescentes machacados por una severa disciplina de la que se vengaban inventando historias grotescas protagonizadas por sus opresores; el violento contraste entre la monotonía abismal de clases, misas, castigos y recreos, por un lado, y, por otro, la obscenidad, ridiculez y vitalismo de los «seriales de frailes», como llamaban los chicos a sus ficciones, proporcionaban a la narración una tensión particular que el Erudito calificó a pesar suyo de brillante. Funcionaban peor los cuentos, *Monstruos olvidables*, como si B necesitara de un espacio más vasto para erigir sus universos paralelos de vulgar cotidianidad y fantasías gargantuescas. La primera novela, sin embargo — *Viaje a la esquina de mi casa* —, tal vez por ser producto de un hombre relativamente joven y todavía con reserva de promesas, llevaba al paroxismo lo que sería receta contenida en las otras dos: las travesías desmadradas, a medio camino entre Flash Gordon y el barón Münchausen, que forjan unos amigos pueblerinos que envejecen sin llegar siquiera a pisar las calles del pueblo más cercano. El Erudito se sabía hombre acomodaticio y tal vez por eso, y porque se había hastiado en las primeras etapas, no había prosperado en su carrera. Sin embargo las antiguas ilusiones de la juventud reverdecieron tras la lectura de B. Si no otra virtud, poseía el Erudito la adquirida de distinguir a un escritor original de los adocenados, y estaba seguro de que B era un caso único, postergado, o más bien completamente ignorado por razones que a él le tocaría denunciar en el prólogo a las ediciones críticas que lo alzarían hasta los pedestales mayores de las glorias humanísticas, quién sabe si aún estaría a tiempo de conseguirse un puesto de profesor invitado en Yale o Harvard. El plagio abyecto e incomprensible de la última novela lo apartó del cuento de la lechera. ¿Cómo entender el mecanismo por el que B decidió incorporar a su obra fragmentos y detalles de un autor mucho más joven y cuyo éxito impedía que ni él ni nadie se apropiara impunemente de sus hallazgos?

El Erudito volvió a leer *El azar de las estrellas* anotando una sorprendente rebaja en su antigua admiración: ahora, aun conociendo el fraude, le parecía que el plagiario integraba mejor en su relato los elementos que había fusilado de su exitoso colega. Un desasosiego que se traducía en una intuición sin forma le impidió dormir bien esa noche y el desvele del alba sólo se dulcificó cuando el Erudito rompió las últimas resistencias a volver a la Ciudad Oscura en la que vivió B toda su vida y que él no visitaba desde el funeral de su madre. Aprovechó que el viernes no tenía clase para, no sin alguna aprensión, tomar la carretera hacia su paramera natal. No reconoció los arrabales en los que, donde se había extendido el bosque de su infancia, hileras de chalecitos adosados alternaban con barriadas de casas uniformes y de fealdad irredimible. El centro había cambiado menos pero prefirió no acercarse a su antiguo barrio. Dejó el Ford en un aparcamiento bajo la plaza Independencia y en el Café Imperial pidió un martini y la guía de teléfonos. B era un apellido tan infrecuente que, de constar alguno en el listín, debería ser familiar del escritor. Había, en efecto, una señora B a la que llamó poseído de una convicción irracional que no se vio defraudada. Se trataba de la hija de B, una viuda que se extrañó de que alguien buscara información sobre un autor al que en vida no leyeron sino cuatro amigos, pero de cualquier modo se prestó a la entrevista que el Erudito solicitaba y hasta le invitó a tomar café en su casa a eso de las cuatro. El Erudito comió en la antigua Fonda de Lepanto mientras debatía consigo mismo cuál era el mejor medio de abordar a esa señora para sonsacarle no sabía qué: ¿el recuerdo de una cena familiar en la que el escritor hubiera confesado ante sus hijos los motivos de robar textos a ese otro novelista que aparecía cada dos por tres en la tele? Eso no tenía sentido pero el Erudito admiraba mucho las historias de Henry James en las que se descubren secretos de ilustres literatos y por primera vez se sentía, salvando las distancias de su modestia ibérica, como un *scholar* anglosajón que arrostra desplantes, sacrificios y hasta peligros en su búsqueda del dato escondido, de la frase reveladora. *The quest for B*, murmuró parodiando un texto venerado.

A las cuatro se sentaba el Erudito en la sala de estar de la viuda B. Como una forma de identificación o garantía de la seriedad de sus intenciones, apenas la señora le abrió la puerta él le entregó un ejemplar de su obra *La rosa y la ruina: Desestratificación subtextual* en los poetas del 2000 que la hija de B tuvo en las manos durante unos segundos y, tras leer el título con expresión abstraída, depositó sobre una mesilla donde languidecían algunos periódicos. «Está dedicado», puntualizó el Erudito con su mejor sonrisa. «Ah, gracias», dijo ella, «yo en realidad leo poco». Tenía el pelo blanco y toda su presencia menuda sugería fragilidad. El Erudito la comparó con la desvaída imagen que conservaba de B en las conferencias del Ateneo: ambos eran delgados y de ojos claros y acuosos, ambos, ahora, tenían la misma edad. «¿Quiere café?» La casa, apuntaba mentalmente el Erudito, presentaba el orden, limpieza y convencionalismo que distinguió —verbo inexacto donde los haya— el piso de sus propios padres: muebles sobrios y feos, reproducciones enmarcadas de pinturas impresionistas tópicas, el aroma de alcanfor al abrir los cajones, y no se veían libros. «¿Azúcar?», la mujer le sirvió con parsimonia, luego ofreció unos dulces, sacó un pastillero y cogió una bolita rosa que se colocó bajo la lengua. «Un corazón débil, sabe, herencia de mi madre.» El Erudito le preguntó si había vivido allí el escritor. «No, no, la casa de mis padres estaba en el centro, cerca del ayuntamiento, a papá le venía de perlas; y la cerramos cuando él murió, de todos modos era alquilada.» Hizo una pausa. «Esto es demasiado grande para mí sola, mis hijos viven fuera», terminó la frase con un gesto de la mano que quitaba importancia a lo que acababa de manifestar, como si se diera cuenta de que toda digresión personal era impertinente. Por primera vez el Erudito tuvo la certeza de que su visita era una intrusión. Mordisqueó un hojaldre. Todo es absurdo, pensó, igual que cuando en su juventud no conseguía llevarse a la cama a las chicas que le gustaban. No hacía calor pero sudaba. «Bueno, usted dirá», la voz resignada de la anciana le devolvió a su misión.

Desordenadamente, con pasión insólita, el Erudito analizó los méritos de las obras de B que había leído y se indignó por la espesa indiferencia que las cubría. Omitió el incordio del plagio así como procuró que de la perorata no se dedujera que su conocimiento de la obra del elogiado, y por tanto su inquebrantable afán reivindicativo, databan de sólo un par de semanas. Concluyó solicitando cualquier información o documento que pudiera contribuir a la comprensión más ajustada de un universo literario que ofrecía algunas dificultades a la exégesis. La señora lo escuchó con educación que dejaba traducir una indiferencia de fondo. El padre nunca hablaba de sus escritos, le dijo, así que poca información podía añadir a lo que el Erudito ya sabía; fue un hombre modesto, funcionario municipal adicto a la lectura y con amigos intelectuales, profesores del colegio universitario, todos muertos ya, que parecían apreciar su escritura. A ella lo que le gustaba de papá, y lo que recordaba con emoción, añadió, era su capacidad para hacer reír a su madre y a sus hijos, parecía un hombre circunspecto, y sí, lo era, discreto, callado, pero en casa imitaba a alcaldes y concejales o reproducía las conversaciones de sus compañeros que su ingenio metamorfoseaba en diálogos desternillantes; nunca se preocupó de difundir los libros que iba publicando, ella había leído algunos pero no los entendía bien, tendrían mucho mérito, no lo discutía, pero sus relatos de viva voz resultaban infinitamente más divertidos, no se podía hacer idea. Y de los libros que él no había encontrado, ¿conservaba ejemplares? Alguno habría, dudó la hija, del último desde luego quedaban varios, no, no se trataba de *Cómputo de fantasmas* sino de una novela póstuma, casi póstuma, que apareció cuando papá estaba ya casi agonizando y que ni siquiera se distribuyó en la Ciudad, probablemente sólo en la biblioteca del Casino Mercantil debía estar fichado aquel *Memoria en harapos* que ella guardaba por ahí, vamos a ver, y se levantó a buscarlo. El Erudito se frotó las manos, después de todo su intuición iba a dar frutos: un volumen prácticamente inédito y ese testimonio directo sobre la habilidad de B para la literatura oral que añadiría un calor humano a los rigores académicos de su(s) prólogo(s). La dama regresó con dos libros, el mencionado, *Memoria en harapos*, y otro del que el Erudito tenía referencia por estar listado en «Otras obras del autor», *Esqueletos cotidianos*. «Quédese con la novela, si le apetece, éste se lo presto, es que me lo dedicó a mí, le tengo cariño y no me quedan más.» El Erudito no podía ocultar su satisfacción. «Mañana mismo se lo traigo», aseguró. «De poesía no hay nada, lo siento», dijo la mujer, «bueno, también están los cuadernos, que deben carecer de interés, yo los he guardado casi todos, pero no sé, parecen sólo apuntes personales.» El Erudito dio un respingo. «Hombre, tratándose de B todo tiene interés para un estudioso», los personajes de Henry James no lo habrían hecho mejor. «¿Usted cree?» Se hizo un silencio porque el investigador no encontraba el registro apto para resultar convincente y distante al mismo tiempo. La propia hija de B se adelantó a su indecisión: «Se los busco para mañana, si quiere, así cuando traiga el libro puede echarles un vistazo, vaya, en caso de que entienda la letra de papá, era endemoniada».

No había planeado el Erudito pasar noche en la Ciudad pero pagó una habitación de hotel y se encerró a leer. *Esqueletos cotidianos* respondía a una moda que se había extendido a finales de siglo, la del dietario, pero a diferencia de los cultivadores más conocidos del género, B no mencionaba a otros escritores ni se ocupaba de la actividad cultural o política sino que se limitaba a contar minucias observadas en desconocidos que se cruzaba por la calle; incluía asimismo relatos de sueños, descripciones de la Ciudad que poseían la emoción de quien describe un cuerpo amado y la objetividad del médico que anota los síntomas del progresivo deterioro orgánico, y en fin, breves y sutiles análisis de las reacciones del autor frente a una grosería del panadero o una mirada amable en el autobús. El humor y cierta perplejidad ante el mundo constituían los elementos dominantes del discurso. El Erudito, que tenía intención de fotocopiar el volumen antes de devolverlo, se dejó llevar por la fluidez de la prosa y la extraña serenidad que transmitía. Cenó un plato combinado en el bar del hotel y luego se arriesgó a enfrentarse con la plaza y las calles que enmarcaron sus primeros años y que creía haber reconocido en una de las páginas de *Esqueletos*. Aquella atmósfera pusilánime de decencia pequeñoburguesa que aborreció de estudiante le provocaba esa noche una estúpida nostalgia y algo de piedad hacia sus padres, con los que fue tan injusto, y hacia sí mismo. Se había jurado huir para siempre de la Provincia y lo que la Provincia representaba. Pues bien, era profesor en la Capital desde hacía muchos años y qué. Un matrimonio frustrado, dos hijos a los que veía poco, una carrera en la que trampeaba sin impulso. Hasta ahora, por supuesto. Se apresuró a volver al hotel y a la novela *Memoria en harapos* que le deslumbró. La obra maestra de B, sin duda, trazaba las vidas paralelas de un oficinista y un escritor, vecinos y compañeros de colegio durante la infancia y separados más tarde por destinos tan dispares como asumidos; tras un reencuentro, ya adultos, en el que se emborrachan juntos, comienza cada uno a soñar los sueños del otro y ahí el Erudito se quedó dormido y él mismo tuvo una pesadilla en la que B, muy enfadado, le amonestaba con el dedo índice: «No me sigas buscando o me encontrarás», decía amenazador.

La señora vivía en lo que décadas atrás se llamó la Circunvalación y ahora podía considerarse parte del centro, aunque los lugareños de solera siguieran utilizando esa denominación exclusivamente para el casco viejo en el que se alzaban los exiguos monumentos que resaltaban las postales de los estancos. La Circunvalación era gris como el resto de la Ciudad. Al Erudito le pareció de pronto que de aquella grisura surgían los rasgos más originales de B y tal vez las barreras y prejuicios que habían impedido la aproximación a su obra. Pensó comentárselo a su hija pero ésta le recibió con pocos ánimos de cháchara; no se sentía bien, alegó, así que le dejaba el antiguo despacho de su marido para que mirase los cuadernillos que había ido desempolvando la noche anterior. El Erudito se hallaba en un cuarto sin ventana, con una gran mesa sobre la que un flexo iluminaba una serie de blocs de tapas marrones. *The Aspern Papers*, musitó el alusivo Erudito mientras se frotaba las manos. Comprobó que cada cuaderno abarcaba aproximadamente un año y que, por tanto, si B había mantenido de forma continuada la costumbre de escribir un diario desde 1982 (el bloc más antiguo), faltaban unos cuantos para que la secuencia estuviera completa. La letra era diminuta y enrevesada pero no incomprensible, salvo alguna que otra palabra suelta, para quien estaba acostumbrado a corregir cientos de exámenes cada curso. Le gustaría obtener permiso para llevárselos todos pero de momento, y con el fin de calibrar el valor de aquellos apuntes, buscó el año 1990, en que se publicó *El azar de las estrellas*, para comprobar cuál había sido la reacción de B y quizás entender la extraña voluntad de adoptar ciertos inconfundibles detalles de su argumento y de los personajes y un capítulo casi completo. La novela apareció a principios de año con lo que el Erudito empezó a leer desde el principio. El estilo y tenor de cada anotación eran similares a los de *Esqueletos cotidianos* por lo que dedujo que ése y el otro dietario édito que aún no había encontrado tenían como base los cuadernos que B iba rellenando en privado. En algo diferían: el libro evitaba toda referencia a la contemporaneidad mientras que el cuaderno opinaba de vez en cuando sobre lecturas, películas y personajes públicos. El juicio se expresaba con la precaución del que no es dogmático ni en relación con el propio gusto, un caso insólito, pero no rechazaba algún sarcasmo, algún varapalo que habría resultado contundente si la cortesía del estilo no suavizara, o por lo menos distanciase, las críticas que nacían de un espíritu tan agudo como escéptico. Fue pasando las hojas —los meses— y aunque B mencionaba alguna lectura de las novedades de aquel año, por lo visto no le tentó enseguida la única novela que las reseñas exaltaron de forma unánime como el gran libro que resumía la sensibilidad de fin de siglo y anunciaba la que dominaría en el siguiente. Hasta que llegó a agosto y B, que iba a pasar las vacaciones en un balneario navarro donde esperaba que la salud de su mujer se fortaleciera, se planteaba qué libros meter en el equipaje: ¿otra vez el *Lazarillo*, aunque se lo sabía de memoria?, desde luego los *Ensayos* de Montaigne, tal vez *Barnaby*

Rudge de Dickens, las memorias del guionista de Hollywood Walter Bernstein, una nueva antología de poesía joven española —«me divierten las batallas incruentas», escribía sibilinamente—, un par de novelas recientes y, por fin, un párrafo que al Erudito le erizó los pelos de la nuca: «Me llevaré también *El azar de las estrellas* que he comprado esta misma mañana, convencido definitivamente de que A no me lo va enviar como anunció con tanta vehemencia hace dos años. Es normal que se le haya olvidado y sin embargo creí que pertenecía al grupo reducidísimo y en vías de extinción de los autores cuyo talento, ambición y éxito no son excluyentes de la generosidad y la delicadeza. Es, por otro lado, difícil calibrar —y más para mí— las consecuencias de una explosión de elogios y ventas como la que ha beneficiado a esta novela. ¿No se rumorea que en otoño comienza ya el rodaje de la adaptación cinematográfica? Pensándolo bien, habría sido hasta grotesco que se hubiera acordado de enviarme un ejemplar». El Erudito sintió una de las grandes (y pocas) exaltaciones de su vida. O sea que se conocían. Dos escritores a los que ni el más borracho, imaginativo o arbitrario profesor habría mencionado en la misma página de un ensayo (en primer lugar porque ni el más borracho, imaginativo o arbitrario de los profesores habría tenido la ocurrencia de leer a B), se habían tratado lo suficiente como para que B esperase que A le remitiera su nueva obra. ¿Y no había en los sustantivos «generosidad» y «delicadeza» un resabio de amargura que indicaba que la relación no había sido superficial? El Erudito no podía ejercitar su paciencia leyendo línea a línea las páginas siguientes y fue directamente en busca de las que conservaban la impresión que *El azar de las estrellas* había producido. Agosto se reducía a reflexiones sobre la novela del siglo XIX que debían de ser apasionantes pero él no podía detenerse en ellas, igual que los comentarios lingüísticos suscitados por el habla de la Ribera, el anecdotario, seguro que sabroso, en torno a los usuarios de los baños y las disquisiciones acerca de las consecuencias del macartismo. Llegó a septiembre sin una sola alusión al libro de A. Los párrafos sobre la melancolía del final del verano le crisparon al Erudito, se apresuró a lo largo de la sátira contra los líricos patrios y le dieron náuseas los elogios a la prosa de X. Le apetecía espolear retrospectivamente a tan cachazudo dietarista, exigirle que leyera de una maldita vez el libro que fatalmente plagiaría en su siguiente novela. Hasta que la entrada del 30 de septiembre lo anonadó: «Todavía me pregunto si debo escribir a A y, de hacerlo, en qué tono. ¿No se habrá percatado de que con la media docena de detalles que tomó de mi *Cómputo de fantasmas* y, sobre todo, con el sueño del diablo, ha anulado mi novela? Es cierto que la enfermedad de Marta se ha tragado los ahorros que me iban a pagar la edición, pero si surge la posibilidad, cómo voy a firmar una obra plagada de elementos "prestados" de otra que todo el mundo conoce, elementos que además yo juzgo indispensables en mi libro, o sea, que a estas alturas no puedo cambiar para evitar la apariencia de plagio. En fin, debería sentirme halagado de que una gloria nacional se rebaje a copiarme, es una forma secreta de homenaje. Y sin embargo este homenaje me ha quitado el sueño». El Erudito releyó diez, doce veces las palabras del 30 de septiembre. Era como si se las tragase y fluyeran por sus venas como un anís dulce y fuerte y luego le volvieran al paladar y tuviera la necesidad de releerlas de nuevo y reiniciar el proceso. O sea que era al revés, se repetía, o sea que. ¿No lo había sabido desde siempre, en la galería más honda de su intuición? Desdichadamente faltaba el cuaderno de 1992 que correspondía al de la publicación de *Cómputo de fantasmas*. ¿Por qué había decidido arriesgarse a la acusación más fea que se le hace a un escritor? Sabía ahora que B pagaba sus propias ediciones y por tanto se había gastado un dinero, que le costaba reunir, en un libro que no sólo estaba destinado a la indiferencia pública sino a algo peor, a las burlas y ataques de los pocos que lo leyeran. ¿Dónde podía adquirir más información? B había escrito antes de sus vacaciones que A le había prometido enviarle la novela hacía dos años. Buscó el cuaderno de 1988. Le temblaban las manos cuando el 12 de mayo dejaba constancia de cómo se habían conocido. Por un momento pensó que era él, el Erudito, el que dirigía el pasado o lo reinventaba, semejante a un deus ex machina que manipulase los hilos de la historia en función de su placer melodramático por la sorpresa.

A y B se habían conocido en la Oscura Ciudad y no muy lejos del hospital donde había nacido el Erudito. Una Caja de Ahorros había invitado al joven y prometedor A para que diera una charla. B fue el encargado de las palabras de bienvenida. Por lo visto se habían cruzado un par de cartas entre el presentador y la estrella y en una de ellas B le había incluido uno de sus libros. Según el escéptico B, A estaba muy impresionado por el talento literario de aquel provinciano desconocido que podía ser su padre y tras la conferencia y la cena oficial los dos autores siguieron hablando hasta la madrugada en el bar del Hotel La Estrella. A tenía problemas para resolver una novela que se le había atascado y cuyos pormenores le contó al escritor maduro; éste creyó que, a pesar de las distancias entre sus literaturas, lo que quería hacer A tenía alguna afinidad con lo que B había ejecutado en una novela recién terminada. El día siguiente era sábado y volvieron a reunirse a la hora del café. B llevaba consigo el manuscrito de *Cómputo de fantasmas* que A le pidió le leyese en voz alta. Por la noche se despidieron —para siempre, aunque no lo sabían— con la promesa de A de dar a conocer urbi et orbe la obra de un autor extraordinario (B reproducía el adjetivo con redentoras faltas de ortografía: «eztrahordinario, como escribiría Cortázar» escribía él) y, naturalmente, de enviarle, apenas publicada, la novela para la que, gracias a ciertas lecciones de *Cómputo*, empezaba a ver alguna claridad. El Erudito estaba mareado. Su investigación, que comenzó como un recurso de la pereza, le había conducido a desempolvar a un buenísimo escritor y, de paso, desenmascarar un plagio, reparar una injusticia. Su satisfacción le rebosaba de tal modo que necesitó que le diera el aire; tiempo habría de ordenar las ideas y preparar una estrategia para el bombazo que renovaría, por vía del escándalo, el canon de las letras patrias del último medio siglo. ¿Debería adelantar una parte de sus hallazgos a la hija de B? Decidió que no era el momento. Disimulando la excitación la llamó para pedirle que le prestase todos los cuadernillos. «Hay más», dijo ella, «los guardé en un baúl con cosas de mi padre; hoy le he sacado los que estaban a mano pero al fondo me parece que hay otros. ¿De verdad tienen valor?» El Erudito negó frenéticamente con la cabeza, sólo el valor que a estas cosas les conceden las manías de los especialistas, o sea, gente como él, un especialista en la obra insigne de su padre y por ello con algún derecho a leerlo todo con tranquilidad para tomar las notas que iluminarían la edición crítica que estaba preparando. Por parte de la señora B no había inconveniente, al contrario, pero existía una pequeña formalidad, si no le importaba; el padre les había dejado en depósito sus escritos a ella y a su hermano y, aunque el hermano no se opondría a que alguien, un profesor nada menos, utilizase los cuadernillos para divulgar el talento del padre, por una evidente cuestión de principios ella prefería consultarle a R, bastaría una llamada telefónica esa noche o mañana —«esta misma noche, por favor», suplicó el Erudito— y le prestaría todo el material.

El Erudito pasó la tarde en un estado de embriaguez. Se metió en un cine porque comprobó que los nervios le impedían la lectura. No vio el final de la película. Un desasosiego feliz lo arrojó a la calle y a la noche. Recordó la otra ocasión en que le había ocurrido lo mismo. Tenía veinte años y una muchacha le había dicho por teléfono que lo quería. Recordó aquella voz, el atardecer indeciso de marzo. Recordó con infinita e inesperada tristeza el desenlace de aquellos amores. Tengo que serenarme, se dijo. Una cena temprana con bastante vino le devolvió el optimismo. Llamó a la señora B. Lo sentía en el alma pero su hermano estaba de viaje y su sobrino, el pequeño, no lo esperaba hasta el martes, ahora que tampoco era tan urgente, ¿no?, por qué no esperar tres días cuando durante veinticinco años nadie había querido leer los cuadernos, nadie conocía siquiera su existencia, cuánto menos su importancia, vaya, si realmente la tenían. El Erudito comprendió que carecía de razones para insistir y quedó en que volvería a ponerse en contacto con ella desde la Capital el martes por la noche y al otro día, de no surgir más impedimento, los empleados de una agencia pasarían a recoger el paquete que ella habría preparado. Tuvo que tomar una pastilla para dormir y el domingo, sin desayunar, volvió a la Capital. Su vida hasta el martes se redujo a una sensación de ansiedad que le acompañaba mientras impartía clases, hablaba con sus hijos, se embrutecía frente al televisor. El martes a las diez marcó el número de la viuda. Bueno, sí, R estaba de acuerdo en proporcionarle los cuadernillos aunque francamente albergaba muchas dudas sobre su valor siquiera relativo, en fin, había llegado acaso el momento de desprenderse de todo aquello que sabe dios por qué lealtad filial sin sentido habían conservado. El Erudito agradeció con mil hipérboles y anunció el envío de un mensajero mañana por la mañana si le parecía bien. Escuchó el Erudito la tos indiferente de la hija del genio, vale, le contestó, pero no estaba segura de poder preparar los paquetes en tan poco tiempo, porque serían varios, había encontrado los blocs que faltaban y muchos más, anteriores, en el fondo del baúl, así que le sugería que esperase un poco, que le diera su número de teléfono y ella misma le avisaría cuando todo estuviera listo. El Erudito vivía aquellos atrasos como pequeñas malevolencias de un destino que él, ante las revelaciones del fin de semana anterior, había creído controlar, incluso dirigir. Colgó con una amarga premonición supersticiosa que combatió con un par de gin-tonics y el somnífero al que ya recurría por sistema. Y esperó, esperó, esperó hasta el otro lunes. Desde su despacho universitario venció el último escrúpulo de parecer un pelma y pulsó los dígitos que durante días se había repetido como un mantra. Sonaba el timbre y él veía la salita, notaba la cerrazón del despacho, aspiraba el olor a humedad que desprendían los cuadernos de B, le endulzó la boca el sabor a los hojaldres con piñones. No había nadie al otro lado y tampoco saltó un contestador automático. Miró la hora. La señora habría salido a comprar. Insistió después de la clase de Teoría Literaria con el mismo resultado. Reincidió desde la cafetería entre el segundo plato y el postre.

Estuvo distraído en la tertulia del Avenida y sintió que las sienes le palpitaban cuando marcaba el mismo número a las imprudentes once de la noche. ¿Dormía fuera la hija de B, había salido de viaje, sospechaba que era él quien la atosigaba y lo rehuía, y por qué? ¿O había surgido un mejor postor, otro erudito que ofrecía, además de la tardía fama merecida del padre, un cheque abultado de ceros? Eso era tan increíble que el Erudito debió reconocer para sí mismo que padecía una paranoia injustificada. Pero el silencio de los días siguientes renovó las peores fantasías. Miró con desconfianza a sus colegas, en el bar creyó que T, la medievalista, cuchicheaba sobre él con el catedrático de comparada. Al sabio Z, máxima autoridad en la prosa del último tercio del XX y que lo había leído todo, lo abordó por el pasillo con una pregunta que quería ser casual y emitió con irreprimible angustia: llevaba unos días releyendo por capricho los libros de B, comentó el Erudito, y ahora que veía a Z le gustaría saber qué opinaba sobre este escritor, tal vez la posteridad había sido un pelín injusta con él, ¿no creía? El sabio lo miró extrañado. ¿Le ocurría algo al Erudito? Jadeaba, estaba descompuesto, y por lo demás ¿de quién le hablaba?, le sonaba muy remotamente ese B, ¿un bohemio madrileño de finales del XIX?, lamentaba no opinar, esa época quedaba al margen de sus intereses. El Erudito respiró con alivio: nadie tenía ni la más remota idea sobre B, lo suyo iba a ser un bombazo, pero el jueves la hija continuaba ausente y la absurda teoría de una conspiración volvió a instalarse en su abotargado cerebro. El viernes a primera hora el Erudito enfiló su coche hacia la Ciudad Mezquina.

El portal del edificio en Circunvalación estaba abierto y el Erudito se dirigió directamente al ascensor, tercer piso. Llamó al timbre. Le pareció que dentro se oían movimientos, escuchó pasos. Una niña le abrió. «Hola, ¿qué quieres?», dijo. «Busco a la señora B que vive en esta casa», balbuceó el Erudito. Un rostro de hombre se asomó por el pasillo. «¿Qué desea? Un segundo, por favor, pase usted.» El Erudito no se movió. «¿La señora B?», repitió. El hombre se acercó a la puerta, iba en mangas de camisa, otras voces murmuraban desde el interior. «¿Conocía usted a mi madre? Tengo que decirle que murió hace cinco días en el hospital del Ángel. Le falló el corazón, ya sabía usted que...» «Oh, no», exclamó el Erudito y se tambaleó. «¿Se marea usted? ¡María, María!», gritó el hombre. Aparecieron dos mujeres jóvenes. «¿Pasa algo?» Acomodaron al Erudito en un sillón. Una de las mujeres le ofreció un vaso de agua. «¿Conocía usted mucho a mamá?», le preguntó. El tipo que le había abierto la puerta le estaba explicando que por lo menos su madre no había sufrido, por ese lado estaban tranquilos, pero ahora no podía imaginarse qué papeleta les quedaba, una casa tan vieja y tan grande y tan llena de trastos inútiles, de recuerdos que a nadie le recordaban nada, de papelotes rancios, empezando por los papelotes ilegibles del abuelo que quién sabe por qué mamá había conservado. El Erudito trataba de recomponerse para hacerles entender que él necesitaba esos papelotes, que su madre se los había prometido, que era cierto, no tenían valor, pero a él no le importaba tenerlos en depósito durante un tiempo, hasta que hubieran ordenado objetos, ideas, en fin. El hombre en mangas de camisa le tranquilizó: ya se habían hecho cargo de todo eso, el abuelo por lo visto era algo literato y había rellenado docenas y docenas de cuadernos con chorradillas sobre que si el otoño y la lluvia y esa película y aquel libraco, nada que valiera la pena, así que habían hecho varios paquetes y ayer por la noche ya estaban en el contenedor de la esquina y a estas horas todo quemado, polvo al polvo, ¿no?

El Erudito pasó una mala temporada, habría que precisar que una muy mala temporada. No se inscribió en el Seminario sobre «Liminales y canónicos», y sus jefes, tan industriosos ellos, que lo consideraban un mediocre, no disimularon varias muestras de desprecio por su incuria. El Erudito se entrevistó a la desesperada con el sabio Z y le comunicó que no tenía pruebas pero sí la certeza de que *El azar de las estrellas* —objeto de una superedición crítica de Z— era en parte un plagio de un escritor ignorado, B, al que A admiraba e imitaba. Z habría expresado indignación si no desdeñara hasta tal punto al Erudito que no se molestó en gastar adrenalina con aquel colega insignificante. «Muy interesante, hombre, y a la altura de las teorías que defienden a Bacon como autor de las obras de Shakespeare», le dijo sin reprimir un retintín despectivo, «y ahora ya sólo te queda demostrarlo. A ello, amigo, a ello». La arrogancia de Z no humilló al Erudito que, de pronto, como el monje zen que tras meses de meditación y sacrificios sin alcanzar el satori, recibe la iluminación cuando el maestro le golpea la cara con una zapatilla, comprendió con lucidez pasmosa la banalidad ridícula de su investigación, de las investigaciones de Z, de todas las investigaciones de sus compañeros. Recordó a B, recordó que B hacía reír a su familia durante las comidas —aquellas risas que iban a ocupar una nota a pie de página en su reedición de la obra— y le embargaron una gran humildad y una calma que contrastaba con las zozobras que lo habían agitado desde que inició lo que su pedantería había llamado *the quest for B*.

Y una noche reemprendió la lectura de *Memoria en harapos* que había dejado interrumpida cuando el descubrimiento de los cuadernillos cambió el rumbo de su investigación. Confirmó ahora que la novela era magistral y una lástima que nadie hubiera disfrutado de aquellas páginas en las que la madurez del escritor, «con un pie ya en el estribo», producía un humor melancólico, una belleza, un equilibrio que situaba el relato entre lo mejor de su época y de las épocas que vinieron luego. El Erudito le debía a B un acto de justicia: tenía que dar a conocer sus obras no ya con el fin de que Yale lo invitase a dictar un curso monográfico sobre B, sino para situar en el puesto que le correspondía a un escritor que él ya juzgaba fundamental en la tradición hispánica reciente. ¿Cómo cumplir una misión a la que la inercia de editoriales, crítica y mundo académico se opondría con toda la fuerza de la rutina? Repasó mentalmente a los editores que conocía. ¿Y si la presentaba a un concurso literario? La novela contenía muy pocos elementos que la dataran y siempre podía él modificarlos, de momento, con vistas a dar el pego a un jurado que de antemano imaginaba deslumbrado por el talento de un desconocido que ellos lanzarían a la fama. La broma le parecía estupenda, una venganza póstuma de B, tan poco vengativo, contra los poderes que le oscurecieron y arrinconaron. El Erudito puso manos a la obra: le cambió el título —ahora se llamaba *Memoria herida*—, suprimió algunas referencias excesivamente apegadas al momento de su escritura, modificó supersticiosamente los apellidos de los personajes y respetó todo lo demás. Luego consultó la lista de concursos literarios y las personas que concederían los premios en cada caso. Aunque no ganase, le bastaría llegar a finalista y conseguir la publicación para atraer la atención de los críticos que sin duda se sentirían atraídos por un libro que, con un cuarto de siglo a la espalda y su autor en la tumba todo este tiempo, se lanzaba a la conquista del mercado. Pensó que, por si acaso, el libro debería firmarlo un seudónimo y no se le ocurrió otro que su propio nombre, al fin y al cabo él actuaba de albacea y agente y, con el tiempo, de escoliasta de la obra de B. Envió sendas copias de la novela a dos prestigiosos concursos: sospechaba, como todo el mundo, que los resultados estaban amañados pero la presencia de F y J en los respectivos jurados le garantizaba que, si llegaban a leer su obra (la obra de B), no serían impermeables a sus méritos. A pesar de haber depositado una fe ciega en las virtudes de la novela, recibió con sorpresa más que placentera la comunicación de que *Memoria herida* había ganado el premio H ex aequo con el autor de la casa que debía estar programado a priori. En el premio L el Erudito se quedó finalista con derecho a publicación pero la prensa destacó las declaraciones del miembro del jurado F que confesaba haber luchado para que el galardón lo ganase el autor novel y no el viejo patricio de las letras que había negociado su obtención. Ni que decir tiene que la novela de B se vendió diez veces mejor que las otras premiadas, interesó al cineasta C que, aun reconociendo las dificultades de la adaptación a la pantalla, compró los derechos por una suma considerable y encumbró de la noche a la mañana al Erudito convertido en el Novelista de Éxito. Al principio permitió el error para que la sorpresa, se decía, fuese más contundente; luego, el dinero —que, de conocerse la verdadera autoría, iría a parar a aquella cuadrilla de ignorantes que habían tirado los cuadernos de B a la basura—, y especialmente las gratas consecuencias de la fama, se lo hicieron pensar mejor y poco a poco él mismo se olvidó de que en realidad no había escrito la novela y el cambio de título le pareció peso y esfuerzo suficientes como para adjudicarse los reconocimientos que muy justamente llovían sobre *Memoria herida*. ¿A quién beneficiaría, además, desentrañar aquel enredo? B había muerto hacía veinticinco años, sus descendientes eran impresentables y él se había trabajado el derecho a solicitar excedencia ilimitada en la universidad, despedirse del sabio Z con unas palmaditas displicentes, cambiar de casa, estrenar novia guapa y joven y mejorar las relaciones con sus hijos. Incluso su ex mujer, que cuando él iba a buscar a los chicos, lo miraba recelosa, tuvo que reconocer: «Nunca me demostraste que poseías esa sensibilidad de tu libro, se ve que la edad te ha mejorado de forma insospechada». Los lectores, la prensa, le preguntaban ya que para cuándo la próxima y el Novelista divagaba en torno a la lentitud de la gestación artística, sus dolorosísimos procesos introspectivos, la fatalidad con que se le imponían determinadas obsesiones. De vez en cuando pensaba en A cuya muerte había coincidido con una reconsideración de su obra según la cual gran parte de sus títulos resultaban superficiales y envejecidos mientras *El azar de las estrellas* se mantenía como un clásico inmarchitable. El Novelista de Éxito ya había determinado arriesgarse a que eso no le sucediera a él: las otras novelas de B, si no estaban a la altura de la última, poseían la fuerza y el encanto suficientes como para conservarlo en primera fila si las entregaba, vamos a ver, cada seis, no, cada siete años, un ciclo biológico completo que se correspondía con un número mágico, esperaba que la crítica se percatase de esos detalles. Cuando un periodista rescató su libro *La rosa y la ruina: Desestratificación subtextual en los poetas del 2000*, el Novelista, entre incomodado y divertido, abjuró de esa infame pedantería que había que relegar al limbo de los pecadillos de juventud; supo más tarde que aquel mamotreto se cotizaba como carísima rareza entre bibliófilos, semejante en eso, reflexionaba satisfecho, a las primeras obras «perdidas» de Borges y Bioy Casares, autores a los que, por muchos motivos, afirmaba en sus declaraciones, se sentía cada vez más próximo. Sólo alguna noche padecía un sueño que le dejaba un rastro de remordimiento. Soñaba que toda su familia, los muertos y los vivos, y él mismo, estaban reunidos en torno a una mesa presidida por un rejuvenecido B; mientras comían, B los entretenía contando historias maravillosas que hacían reír a carcajadas a todos los comensales, a todos menos a él que no las comprendía, como si B hablase en una lengua extranjera, o tal vez más exacto, como si el Novelista de Éxito fuera un extranjero en su propio idioma, una sensación que le dolía y le repugnaba. También, a veces, a eso del atardecer, si estaba solo, sentía miedo. Entonces se tomaba un valium y permanecía inmóvil en un sillón aguardando a que pasara la crisis. El teléfono lo dejaba siempre descolgado.

Jaime Collyer

(1955)

Jaime Collyer nació y vive en Santiago de Chile. Ha publicado el ensayo *Pecar como Dios manda* (2010) y las novelas *Hacia el Nuevo Mundo* (1986), *Los años perdidos* (1986), *El infiltrado* (1989), *Cien pájaros volando* (1995), *El habitante del cielo* (2002), *La fidelidad presunta de las partes* (2009) y *Fulgor* (2011). También, los libros de cuentos: *Gente al acecho* (1992), *La bestia en casa* (1998), *Cuentos privados* (2002), *La voz del amo* (Editorial Seix Barral, Barcelona, 2005), de donde está sacado «El biógrafo de Thomas», y *Swingers* (2014).

El biógrafo de Thomas

Todo aquello que podemos describir
podría ser perfectamente de otro modo
Ludwig Wittgenstein, *Tractatus*

A Óscar Hahn, con una cuota de humor

Lo vio venir hacia él con una expresión resuelta, con sus ojos saltones y la convicción suicida del parásito, como una rémora en busca del tiburón apropiado a sus fines, cualesquiera fuesen sus fines. Thomas supo, nada más ver su abrigo raído y el aspecto raquítico, que lo único razonable era evitarlo, mantenerlo a raya, no atender siquiera a lo que viniera a plantearle y luego escabullirse, mentirle con deliberación, urdir alguna excusa improvisada —una cita impostergable en el hotel, el impostergable cansancio, el anhelo impostergable de estar a solas luego del recital— y salir huyendo, perderse a mil por hora. En lugar de eso, quedó estático, incapaz de urdir nada, esperando la acometida.

—¿Señor Thomas? –inquirió la rémora, cuando estuvo junto a él.

—El mismo —dijo Thomas, que no tenía dudas respecto a su identidad, al menos hasta allí.

El individuo le tendió una mano vacilante y Thomas se la estrechó de vuelta, advirtiendo la humedad en su palma tibia.

—¿Recibió usted mi original? —indagó el otro.

Thomas creyó entender al instante de qué se trataba. Pestañeaba más de la cuenta, le costaba trabajo explicarse o fluir: debía ser un poeta. Vivía con seguridad oculto en su covacha pero anhelaba una oportunidad, una única oportunidad en la vida, y Ángel Thomas, el poeta consagrado a cuyo recital en la Biblioteca Nacional acababa de asistir, podría quizás ayudarlo, brindarle las llaves del reino. No se lo había dicho hasta allí, pero igual adivinó de inmediato su empeño desesperanzado, la avidez de publicar uno de sus poemarios intrascendentes, que algún pariente más irresponsable que otros le habría alabado en forma desmesurada.

Se equivocaba. La frase siguiente lo desarmó, al propio Thomas.

—No escribo poesía —le espetó el tipo con seriedad—. Soy su biógrafo.

—¿Cómo?

—Su biógrafo, he escrito su biografía. Llevo trabajando en ella varios años.

Hubo una pausa.

—Es la más completa que existe —aclaró el otro.

Thomas se sorprendió doblemente. No le parecía que su vida hubiera transcurrido un lapso suficiente para ameritar una proeza de esa magnitud, mucho menos un biógrafo. Que fuese «la más completa» entre las de su género lo hizo imaginar al instante otros esfuerzos similares, una hueste anónima de individuos laborando en el propósito.

—Entiendo —dijo, aunque no entendía—. ¿Y por cuenta de quién? ¿Algún editor interesado?

Se sintió como una trucha en el río, que hubiera mordido algún anzuelo invisible, algo que no estaba allí por la mañana y ahora le raspaba la garganta.

—Ninguno hasta aquí —le comunicó el propietario del anzuelo, decepcionándolo vagamente—. Pero es mejor así, ¿no?, sin ningún editor fiscalizándolo todo. No tengo que someter a nadie lo que he averiguado de usted. Me limito a dejar constancia de ello y sigo con mi vida.

—Entiendo —repitió Thomas.

El hombre se detuvo a considerar lo que parecía algún punto oscuro en su propia biografía y su faz se ensombreció. En seguida aproximó su rostro inquietante al de Thomas:

—Las cosas han mejorado, ¿sabe? —le dijo en un susurro—. Desde aquella vez en mi apartamento... El impulso de saltar por la ventana, a eso me refiero.

Thomas quedó demudado, con los ojos sustancialmente abiertos.

—Una crisis —complementó el otro—. Algo pasajero, pero igual llegué al límite, usted ya me entiende, un momento de honda desesperación... No ha vuelto a ocurrirme.

—Ajá —dijo Thomas—. ¿Y ha proseguido usted con su labor?

—Estoy ahora cerrando su etapa de adultez, su vida actual. Le envié su infancia y adolescencia a Wisconsin, ¿no las recibió?

Thomas quedó una vez más perplejo:

—La verdad, yo... recibo tantas cosas. ¿Era un manuscrito, dice?

El biógrafo pareció encogerse otro poco, reducirse aún más en su postura de por sí endeble.

—El pasado verano —precisó—. Por correo certificado, su infancia completa y la adolescencia. Ahora estoy en su adultez, sólo me queda un par de cosas por redactar y ya está. Misión cumplida.

—Debo haberla recibido entonces —especuló Thomas—. Pero recibo tantas cosas, tendrá usted que disculparme...

—¿O sea que no la ha visto?

—No la he visto *aún*. Pero lo haré a mi vuelta, sin falta.

Hubo otra pausa.

—¿Y dice usted que ha investigado mi vida? —inquirió Thomas, sin acabar de convencerse.

—Cada año. Cada detalle.

Thomas sintió una avalancha de inquietud, como un abismo tenue abriéndose en su interior. El otro sonreía ahora de oreja a oreja, con sus ojos saltones en estado de alerta. Thomas sólo atinó a una pregunta elemental:

—¿Por qué? ¿Quién es usted?

El desconocido hurgó en su abrigo, de donde afloró su mano con una tarjeta de visita.

—Sanhueza —dijo y se la extendió—. Para servirle.

Thomas leyó el nombre impreso en la tarjeta, junto al cual había un número telefónico.

—¿Eurípides Sanhueza?

—Eso es. Mi padre era un idólatra de los clásicos.

Thomas comenzó a sentir una vieja punzada a la altura de su estómago, el escozor aquel que le sobrevenía con la patria, cada vez que volvía a la dichosa patria.

—Muy bien —anunció al fin, guardándose la tarjeta—. Ya tengo sus datos, ahora debo irme... Algo impostergable en el hotel.

Sanhueza permaneció estático, con la sonrisa de nuevo pintada en su rostro, asintiendo levemente.

—Yo lo llamaré antes de volverme a los Estados Unidos —insistió Thomas—. Ahora debo irme. ¿Puedo llamarlo a este número, supongo?

—Cuando guste —precisó su interlocutor, henchido de una repentina felicidad—. Estoy a su disposición —se paró un segundo a considerar otra opción—: Pero mejor le llevaré la versión completa a su hotel mañana por la mañana, si quiere. Con la etapa adulta incluida. Todo incluido, su vida entera.

—Sí, bueno —acató Thomas—. Si no es molestia...

—En absoluto. Sólo me quedan dos o tres cosas, lo redacto esta noche y ya está.

—Como quiera.

Thomas le tendió de nuevo la mano y advirtió una vez más la humedad allí acumulada, en contacto con su palma. Sintió, ahora sí, un acceso de asco, pero lo disimuló bien. Eso y la vieja punzada en la pared del estómago, como le ocurría en cada nuevo arribo al terruño, nada más tocar tierra y escuchar a la aeromoza pronunciar el nombre del aeropuerto, la temperatura ambiente, la hora local.

En el hotel no había, por fortuna, ningún admirador adicional deseoso de obsequiarle sus versos. El recepcionista le indicó que tenía un mensaje, una llamada reciente, y se lo entregó con la llave. Camino de los ascensores, Thomas leyó el nombre en el mensaje: era Sanhueza, había telefoneado mientras venía hacia el hotel. El recado era escueto y previsible: «Llamarlo de vuelta lo antes posible».

El ascensor llegó en ese momento. Thomas arrugó el recado con un asomo no previsto de crispación y lo depositó en el cenicero junto a los ascensores. Se dijo a sí mismo que no tenía obligaciones, menos la de atender a ese fulano. Puede que fuera de interés, esa biografía suya que acababa de redactar, pero no deseaba leer acerca de su propia vida, en ningún caso. La conocía bien. Demasiado bien.

Por la noche vino Helenita MacKenna a recogerlo al hotel y fueron a cenar con Sofanor Olguín, Bartolucci y César Orrego al *Parador Mediterráneo*. Allí hablaron, interrumpiéndose, de lo que aún los hermanaba y la vieja generación del 42, de la que sólo quedaban ahora, propiamente en activo, ellos tres. Helenita los oyó recitarse mutuamente sus versos, ella con expresión arrobada, suspirando entre uno y otro endecasílabo, entre uno y otro campari-tónica, que era como el sello de fábrica del trío: esa combinación inhabitual que habían comenzado a beber al unísono cuando estudiaban Derecho. Una disciplina que los tres habían concluido, pero que sólo Olguín ejercía ahora, muy de vez en cuando.

—A Dios gracias —dijo Helenita y alzó su copa—. ¡Para mayor bendición de nuestra poesía!

—Difícil saberlo —dijo Olguín.

—¿Por qué?

—Puede que nos hubiera ido mejor a los tres en los tribunales.

—O en alguna embajada por ahí –complementó Orrego.

—Pero tú eres de familia regia, Orrego, no te hace falta ninguna embajada —le espetó Bartolucci.

—Ay, no —intervino Helenita—, además que las embajadas están pasadas de moda. Ahora se estila el comercio exterior o poner una salmonera.

—O estar en algún directorio de una empresa, eso es muy apreciado —dijo Olguín.

—Pero tú sí has estado en los tribunales, ¿o no? —le preguntó Thomas.

—Del lado de los acusados, muchísimas veces —aclaró Olguín—. Preferentemente en el banquillo.

Alguien le aclaró a Thomas lo de sus varios accidentes de tránsito. Luego pidieron los postres, el café, el bajativo. Al dar la medianoche, Thomas se declaró exhausto y pidió su parte de la cuenta, que le fue denegada por el propietario del *Parador*.

—Eres el invitado de honor, Thomas, faltaría más —le explicó Bartolucci.

En el taxi de vuelta se relajó al fin. «Eurípides Sanhueza, qué nombrecito», pensó para sí mismo y cerró brevemente los ojos hasta llegar al hotel.

Al día siguiente —tendría que haberlo previsto— ocurrió de nuevo. Estaba en el comedor del hotel desayunando, ocultándose del mundo tras el diario, cuando lo presintió, al percibir un par de zapatos gastados junto a su mesa.

—Eurípides —dijo, alzando con temor la mirada.

Estaba de nuevo allí, sonriéndole de oreja a oreja.

—Aquí está, su vida completa —le anunció el tipo, tendiéndole el manuscrito—. Por si quiere usted revisarla.

—Sí, claro —replicó Thomas—. Desde luego, déjemela.

Sanhueza pareció una vez más decepcionado:

—Tenía la esperanza de que la viéramos juntos para confirmar los detalles.

—Sí, sí, pero ahora no puedo, hombre, es imposible. Tengo una cita con mi editor. Déjemela y yo lo llamaré antes de volver a los Estados Unidos. ¡No puede haber tantos errores, mi vida no es tan intensa! O tan discutible.

—Lo del orfeón en la plaza, por ejemplo —acotó Sanhueza como si no lo hubiera oído.

Thomas quedó descolocado.

—¿Qué orfeón?

—En la plaza de Linares, donde solía usted ir a escucharlo con su padre. Allí donde le ocurrió esa «primera epifanía», como la definió en alguna entrevista.

Thomas vaciló de nuevo, asintiendo vagamente, luchando por precisar dentro de sí alguna plaza de infancia, algún orfeón en su centro.

—Desde luego —concluyó—. La epifanía en la plaza, claro.

—¡Lo sabía! —proclamó el otro con aire triunfal y se sentó de manera inesperada a la mesa—. ¿En ese momento resolvió usted que era un poeta, no es así?

Thomas asintió.

—¡A tan corta edad, qué maravilla! —se entusiasmó Sanhueza—. No hay forma de eludir el propio destino, ¿se da cuenta usted? Su vida entera estaba escrita desde ya en esa plaza de Linares, señor Thomas, en esa revelación ante el orfeón municipal, ¡en las tardes a orillas del río, junto a Teresa Weissman! En su primer recital en el liceo de hombres y luego el salto a la capital, todo. ¡Incluso yo, hasta yo debía estarle anunciado sin que usted lo supiera! Pero aún debíamos aguardar a este momento y el encuentro definitivo...

El tipo quedó embelesado, con sus ojos saltones fijos en Ángel Thomas, que lo miraba con aire dubitativo y sólo atinaba a sonreírle débilmente, asintiendo en silencio.

—Muy bien —dijo al fin, a pesar del entusiasmo tan palpable en el rostro de Sanhueza—. Ahora debo irme, amigo mío, tengo una...

—Teresa Weissman estaba sinceramente enamorada de usted, ¿lo sabía?

Sanhueza había cambiado su expresión arrobada de hacía unos minutos por otra de reproche:

—¿Lo sabía usted?

—Supongo —vaciló Thomas—. Es que hace tanto tiempo de eso... ¿Weissman ha dicho?

Sanhueza pareció súbitamente escandalizado:

—No puede usted desconocerla a estas alturas. ¡A la mujer que inspiró *El gato montés* y tantos otros poemas!

—No es eso —se defendió Thomas—. Es que hace muchísimo tiempo de todo eso, mi amigo, ya casi no... Un poeta, usted lo sabe, no es un ser inmutable. Todo nos pasa por el lado y lo nuestro... ¡lo nuestro es también pasar!

Eurípides se paró a considerar esta última frase, un eco de Machado sin ninguna variante de interés. Thomas advirtió una vez más su decepción, pero prefirió dejarlo y se puso de pie.

—Muy bien, señor Sanhueza —dijo tendiéndole la mano.

—Eurípides.

—Eurípides, claro. Debo irme. Lo veré más tarde o más adelante, ¿sí? Antes de volverme a los Estados Unidos —se paró a considerar el manuscrito sobre la mesa. Pensó brevemente. Lo cogió—: Me llevó entonces su material.

—Espléndido —dijo Sanhueza.

—Luego hablamos —concluyó Thomas y abandonó el comedor sintiendo la mirada de batracio de su interlocutor clavada en su espalda, como una saeta atravesada entre las vértebras.

Camino del ascensor, se sintió aún atenazado, temeroso de algo que no conseguía determinar, como un individuo sometido a escrutinio. Como alguien que era, a contar de allí, observado desde el callejón adyacente al hotel o el edificio de enfrente.

A las 10:00 vino, como estaba previsto, una periodista de *La Jornada* a entrevistarlo y pasó directamente a su habitación. Era una jovencita de expresión desganada, casi desdeñosa. Le formuló las habituales preguntas respecto a su exilio voluntario en los Estados Unidos, a sus influencias, a los varios poemarios que llevaba publicados hasta allí, de los cuales tenía una idea muy vaga.

Thomas se armó de paciencia y le habló con cierto detalle de lo que había motivado cada uno de sus libros. Luego sucedió algo imprevisto: la chica le preguntó por *El gato montés*, su poemario inaugural.

— ¿Y ese libro en particular de dónde surgió?

Thomas se impacientó. Meditó unos segundos. Se rascó la barbilla. Miró a la ventana y dijo:

— *El gato montés* fue un homenaje deliberado a Teresa Weissman, me extraña que lo pregunte.

La chica pareció más intrigada que antes.

— Un viejo amor —precisó Thomas—. Un amor de juventud, junto al río de la infancia.

* * *

«Junto al río de la infancia, qué pelotudo», pensó luego frente al espejo del baño.

Había almorzado allí en el hotel luego de la entrevista y subió enseguida a su habitación, a cepillarse los dientes. Concluido el cepillado, volvió al dormitorio y vio el manuscrito silencioso de Eurípides abandonado en la mesita de centro. Ya no pudo evitarlo y fue hasta él, aproximó su mano con cautela a la cubierta, la retiró brevemente (su mano), la aproximó de nuevo, lo tomó al fin. Un manuscrito anillado y voluminoso, impreso a doble espacio, con un título previsible y a la vez sorprendente: *El verso al trasluz: vida y obra del poeta*

Ángel Thomas. Era una copia muy pulcra, unas cuatrocientas páginas sin tachaduras ni correcciones; el fruto de un espíritu obsesivo, puntilloso en extremo. Debía ser cierto, *tenía* que ser cierto lo que allí había escrito. Thomas lo sopesó nuevamente en sus manos y lo abrió al fin en cualquier página del medio.

El párrafo superior le llegó como una estocada:

«... Era una época de grandes renunciamientos. En esa encrucijada temible Ángel Thomas resolvió mudar al fin de piel, como hace la serpiente al sobrevenirle la hora decisiva, harta de sí misma y su trajín a ras de piso, fatigada de reptar sumisamente o vivir a hurtadillas. Entonces afloró a la superficie del mundo Thomas el versificador, Ángel Thomas el poeta inmemorial...»

No estaba nada mal, el estilo ese tan grandilocuente. Thomas sintió resonar en su interior las trompetas, vio saltar en la oscuridad la chispa que enciende el pasto reseco, dando paso a esa hoguera fastuosa que antecede a la inmortalidad, que muchas veces *consiste* en la inmortalidad. Y siguió leyendo. El texto enumeraba con un brío insospechado los varios hitos de su infancia, esos que habían encendido la hoguera: las tardes innumerables en la casona de Linares (aunque el departamento familiar, ese que él recordaba, era más bien escueto), o los inquilinos de la hacienda arremolinándose junto al fuego y en torno a su padre (aunque él no recordaba ninguna hacienda), y una cabalgata a lomos de una yegua que lo había zarandeado abundantemente (¿una yegua?), y su madre replegada en su dormitorio hasta el mediodía, desconcertándolo con su silencio y sus ausencias (pero su madre era una mujer más bien pedestre y nunca había estado muy ausente de nada), y Teresa Weissman desnudándose en el río, invitándolo a seguirla entre el caudal, a extraviarse bajo las aguas luctuosas (eso decía Sanhueza, «las aguas luctuosas») y «a morir con ella un instante, entre sus muslos gloriosos...».

Quedó sumido en un momentáneo éxtasis, evocando lo que allí se enumeraba, un torbellino de imágenes y sonidos y olores pretéritos, en aquella semblanza tan inspirada (a pesar de sus imprecisiones, *muy* inspirada). Quizás fuera precisamente por las imprecisiones: eso de una casona familiar en lugar del departamento y esos peones que nunca había visto junto al fuego o en torno de su padre. El río sí estaba, pero nunca hubo —que él recordara— una Teresa Weissman desnudándose en la orilla. Igual quedó muy conforme y prosiguió con la lectura el resto de la tarde, hasta que lo ganó de nuevo el cansancio y se durmió sobre el cobertor.

Al día siguiente, alguien del hotel —a sugerencia probable de Helenita MacKenna por vía telefónica— deslizó bajo su puerta un ejemplar de *La Jornada*, donde venía la entrevista del día precedente. Thomas fue directamente a la sección Cultura. El encabezado, muy poco feliz, le saltó a la cara: «*ÁNGEL THOMAS HABLA CLARO: TODA MI OBRA ES UN HOMENAJE PREMEDITADO A TERESA WEISSMAN*».

Tuvo de nuevo la sensación de algo que se descarrilaba, pero sólo atinó a crisparse y dejar el diario de lado. Pensó en telefonear al instante a la redacción y protestar por ese encabezado absurdo (¡a quién podía ocurrírsele utilizar algo tan accesorio como título!), pero algo le dijo que era mejor dejar que se diluyera en la bruma cotidiana y pidió, en lugar de ello, que le subieran el desayuno.

Con el camarero que lo trajo se coló al interior Sanhueza, de nuevo Eurípides Sanhueza, que venía agazapado tras él. El camarero evidenció su sorpresa. Thomas lo tranquilizó desde la cama con un gesto de su mano:

—Es un amigo, descuide.

Eurípides adoptó una expresión triunfal e instó al lacayo a marcharse con un ademán desdeñoso. Thomas le indicó uno de los sillones junto a la cama. Él se instaló allí con la fidelidad de un perro bien domesticado. Y esperó.

—He leído parte de su texto —dijo Thomas, examinando la bandeja del desayuno—. Es muy fluido, escribe usted muy bien... ¿No ha pensado en escribir algo más? ¿Una novela, un relato de su propia vida?

—Esto de aquí —dijo Eurípides y señaló el manuscrito sobre la cama, a los pies de Thomas— *es* mi propia vida. No me malinterprete usted, quiero decir el sentido de ella, su sentido último. Nadie sabe más que yo de su vida, poeta, ¿se da cuenta? O de lo que ha *sido* su vida hasta aquí.

—Justamente de eso quería hablarle —dijo Thomas, sin apartar la vista de la bandeja—. Hay ciertas inexactitudes en su recuento que creo necesario corregir, mi amigo, pero no es grave.

El biógrafo quedó demudado.

—¿Cómo? —preguntó.

—Que hay uno o dos errores en su versión de los hechos.

—¿Errores?

—Uno o dos, no es mucho. Cuando, por ejemplo...

—¿Qué no es mucho, dos o tres errores?

—Uno o dos —lo corrigió Thomas.

—¿Y los ha señalado usted allí, en los márgenes?

—No, pero es un problema menor, no se alarme.

El biógrafo pareció recobrarse pasajeramente. Thomas aprovechó de untar con timidez una tostada.

—¿Y cuál es *exactamente* el problema? —inquirió Sanhueza, súbitamente aguerrido, marcando las palabras.

—No es que sea un problema —se replegó Thomas—. En rigor, está muy bien escrito, Eurípides, todo el asunto. Tiene fuerza ¡y estilo! Pero hay cosas... cómo decírselo... cosas de mi vida que hoy me parecen menos relevantes. No tan relevantes como antaño, eso quiero decir.

Sanhueza lo observó entrecerrando los párpados, como buscando descifrar algo entre líneas.

—¿Quiere usted decir que no la amaba? —indagó.

Thomas quedó estático, sosteniendo la bandeja.

—¿A quién?

—A Teresa.

—No he dicho eso.

—Pero parece sugerirlo.

—No, señor, no he dicho eso. Es sólo que...

—Ella sí lo amaba, Thomas, con toda su alma.

—¿Y usted cómo lo sabe?

—Señor mío, hay gestos de una mujer que hablan por sí solos. Su entrega junto al río, por ejemplo.

Thomas estaba de nuevo rastreando en su memoria, empeñado en dar con la tal Teresa Weissman.

—Ella sí lo amaba, Thomas —insistió el otro—. De eso no hay dudas, independientemente de lo que usted sintiera por ella. O de que quiera ahora negarlo.

—¡No lo estoy negando, por favor! —se impacientó Thomas y tomó con brusquedad su ejemplar de *La Jornada*, enarbolándolo ante las narices del biógrafo—: ¿O piensa usted que andaría ahora mintiéndole a la prensa así como así, jugando al gato y el ratón con cualquier reporterilla improvisada? Lo dice claramente este titular..., lo mucho que la amé.

—¿Entonces?

—Entonces nada. Toda mi obra poética es, en cierta forma, un homenaje a Teresa Weissman —añadió Thomas sin pensar en lo que decía y devolvió el diario con gesto de fastidio a los pies de la cama—. Hágame usted el favor.

Eurípides sonrió complacido.

—Bien, bien, no se altere, poeta. No era mi intención perturbarlo.

Thomas se sintió repentinamente exhausto.

—Escuche, Sanhueza...

—Eurípides.

—Eurípides, claro. Yo...

—No me diga más, necesita usted descansar.

El invitado se puso al fin de pie y le tendió su mano viscosa. Thomas la sintió como un lagarto que hubiera extraído de su abrigo y se la estrechó con desagrado.

—Si tiene usted más comentarios que hacerme, no dude en llamar —puntualizó Sanhueza y se dirigió a la puerta. Allí se paró brevemente—. Después de todo, es *su* vida, ¿no? —añadió sin mirarlo, indicándole con un gesto de complicidad el manuscrito a los pies de la cama —. ¿No?

* * *

Ya no consiguió desligarse del manuscrito y su biografía tan singular. Por la tarde volvió a hojearla, para confirmar lo del río y la casona de infancia (pero él sólo recordaba el departamento más bien magro al centro de Linares), y el orfeón en la plaza, y a Teresa hablándole de lo que sentía, «brindándose a él entre los sauces» (página 87), «dejándolo explorarla con avidez, como un predador requerido de su presa o la víctima que lo reconfortara» (página 93). Thomas se sintió incluso apenado por la chica, sorpresivamente culpable. Hasta consiguió imaginar al fin su rostro, un rostro aún joven a orillas del río, bañado en lágrimas.

El teléfono lo trajo de vuelta al atardecer. Era Helenita MacKenna para confirmarle lo del nuevo recital poético en la galería de Gloria Stewart, al día siguiente. Y que pasaría a buscarlo a las seis, le dijo con inesperada sequedad. Que fuera tan amable de esperarla en la calle, ya sabía él que nunca había dónde estacionarse. La sintió lejana, molesta a causa de algo, pero no hizo preguntas. Luego lo llamó Aldo Bartolucci para excusarse y decirle que la cita de esa noche no podía ser, que le había surgido algún compromiso, que ya lo llamaría él para fijar otro momento. Thomas le dijo que muy bien, que cómo no. Igual quedó con ganas de saber si estaba enojado por algo, pero no le dio a tiempo a preguntárselo. ¿Sería por la entrevista aquella de *La Jornada*? ¿Por algo que había dicho entre líneas, difícil de precisar ahora, con las muchas sensibilidades a flor de piel que había siempre aguardándolo en el terruño…?

Al día siguiente creyó adivinar la razón, el motivo de esa crispación velada entre sus amigos, cuando hojeó con el desayuno la nueva edición de *La Jornada*. En la sección Cultura se aludía de nuevo a él, más extensamente que el día anterior.

«Ángel Thomas, el prestigioso versificador criollo», decía el redactor de la nota, «está de paso en nuestro país, pero sus revelaciones por decir lo menos tardías acerca de su vida pasada y sus amoríos de juventud han provocado inesperadas murmuraciones entre sus conocidos de la alta sociedad criolla y han caído, entre no pocos de ellos, como un balde de agua fría...».

La nota incluía una entrevista telefónica hecha poco antes del cierre a Hernaldo Franco, el mayor especialista en la obra de Thomas, quien comentaba muy desfavorablemente la entrevista en que éste mencionaba tan taxativamente a la chica Weissman. Estaba disconforme, el profesor Franco; hablaba con largueza de *El gato montés* y de «su estructura sincopada», que él mismo había examinado al detalle en un breve ensayo dedicado a la obra completa de Thomas (Thomas recordaba bien el ensayo, muy elogioso de sus procedimientos, aunque él mismo no tenía muy claros sus procedimientos y consideraba que sus muchos poemas le habían salido al paso igual que un perro vago cuando se le cruza a uno en cualquier vereda y a veces le ladra y otras le olfatea la entrepierna y otras hasta lo ignora de manera olímpica...). El profesor Franco hablaba con gran énfasis de *El gato montés*, cuya fuente de inspiración le había resumido el propio Thomas años atrás, haciendo encendidas referencias al paisaje de Linares y a sus gentes provincianas. «Pero en modo alguno a esa tal señorita Weissman», objetaba ahora el académico. «Alguien miente aquí, de manera flagrante: o bien el Ángel Thomas primerizo, que supo quizás ocultarnos su impronta narcisista, o bien éste de ahora, un Thomas que acaba de arribar, muy probablemente, al umbral de la senilidad y ha decidido ahora confesarse en público sin que nadie se lo haya pedido...». Estaba molesto, en suma; parecía que el propio Thomas le había estropeado algo sin darse cuenta. «No creo que la amara de veras, a esa tal Teresa», concluía. «Creo, más bien, que la utilizó y se cuidó muy bien de confesármelo cuando trabajaba yo en mi ensayo, así que nadie podrá reprocharme ahora el hecho de no haberla mencionado allí. Esto no es un gesto poético de Thomas, sino una irresponsabilidad de su parte, pura y simplemente...».

A Thomas no le dio tiempo siquiera de levantar nuevamente el auricular y llamar a alguien para quejarse: el aparato sonó antes. Era un periodista radial llamándolo desde su programa en directo, requiriéndole, para sus oyentes, nuevos detalles acerca de «su repentina discrepancia» con el profesor Franco y, por cierto, de su exacta relación con Teresa Weissman. ¿Era verdad que la había utilizado? ¿Era cierto que había silenciado años atrás lo de Teresa, quizás por alguna conveniencia íntima? ¿Y no le parecía todo ello una traición a sus lectores, un desprecio calculado a los estudiosos de su obra...?

La audiencia esperaba en el auricular. Thomas acabó farfullando alguna excusa y remitió a los auditores a lo que ya había dicho en la entrevista.

—Lo que tenía que decir ya está dicho —puntualizó con firmeza—. No voy a insistir en esta polémica absurda ni a...

—Pero, con todo respeto, señor Thomas —lo interrumpió el locutor desde el estudio—. Nos interesa determinar el significado preciso de *El gato montés* y si era en efecto lo que sus devotos lectores llevan suponiendo desde hace años o...

—¿O qué?

—¡Una traición oculta, poeta! ¿Era «una alegoría feroz del mundo contemporáneo y sus lacras», como dijo usted mismo hace años... la tengo aquí a mi alcance, su frase textual... o fue más bien un gran engaño de su parte?

—¿Un engaño?

—Sí, claro. ¿Quizá para encubrir, a partir de entonces, su propia vocación predadora? ¿La misma que hizo presa, quizá, de esa chica hace unos años...?

Thomas quedó una vez más demudado, buscando organizarse mentalmente. Pero la voz, su antigua voz, no afloró de su garganta.

—Perfecto, señor Thomas, quien calla otorga —concluyó el locutor al otro extremo de la línea—. Ahora sabemos, ahora saben nuestros auditores y sus lectores de siempre cuál es la verdad... Vamos a comerciales, no hay mucho más que nosotros podamos añadir de momento.

Aún boquiabierto, Thomas alcanzó a oír una voz ronca que enumeraba al otro extremo de la línea alguna marca de vinos y después nada: después fue sólo el silencio, la entrevista había concluido.

No supo si reírse o llamar de vuelta al tipo de la radio. Hacía tiempo que nadie se ocupaba tanto de él o de sus gestos pretéritos, ya fueran o no *sus* gestos pretéritos. Casi le pareció de agradecer esa polémica inesperada. Resolvió mejor ducharse y seguir con el manuscrito de Eurípides, que había derivado —allí, en su biografía— a la capital, a su arribo solitario a la Estación Central, a esa lucha denodada por subsistir e imponerse entre los escribanos capitalinos. Prefirió hacerse subir la bandeja del almuerzo a la habitación y siguió durante la siesta con esa epopeya sorprendente del tal Eurípides, en la que el protagonista era él mismo, «con todas sus crueldades a cuestas, pero también con audacia» (página 174), con «la arbitrariedad fogosa de la juventud, pero también con coraje» (página 183). No pudo menos que sentirse halagado por tanto entusiasmo. Luego se durmió durante un par de horas, con el manuscrito sobre el vientre.

Helenita MacKenna llegó justo a las seis y se paró brevemente frente al hotel. Estaba molesta, en efecto, pero no quería hablar del asunto. Él sabría lo que hacía con su vida. O lo que había hecho *alguna vez* con su vida.

—¿Qué quieres decir? —indagó Thomas—. ¿Qué le pasa a todo el mundo hoy conmigo?

Helenita tragó saliva.

—¿Tenías que hacerlo ahora, mencionar precisamente ahora a esa tal Weissman? —inquirió sin mirarlo, pasando con crispación los cambios.

Thomas hurgó de nuevo en su memoria, en la ribera por la que habían transitado él y Teresa, con el caudal resonando a pocos metros y los sauces de fondo. Y ella llorando en su hombro, con el rostro bañado en lágrimas, comenzando a entender, a aceptar al fin su resolución de abandonarla, de irse a la capital, de partir en pos de su destino («...partir es morir un poco», escribía Eurípides). Su propia evocación, tan coincidente ahora con la de Eurípides, lo llenó de una emoción súbita y vio al fin —ahora sí— el rostro de la pobrecita Teresa despidiéndolo en la estación de Linares, encaramada, con su fragilidad habitual, en la escalerilla del vagón, negándose a su partida.

Luego retornó de aquel recuerdo brumoso a la imagen dura y de perfil de Helenita al volante, aún crispada.

—¿Estás celosa? —aventuró.

—Por favor, Ángel.

—No, yo diría que sí. Te ha molestado lo de Teresa y que lo dijera ahora públicamente. Querías seguir en ese lugar de privilegio donde has estado parada hasta aquí: la vieja amiga de Ángel Thomas y sus compañeros del 42.

—No seas absurdo, ¡nunca he tenido pretensiones de musa! Pero me preocupa que juegues con los sentimientos de la gente, Thomas —siempre que volvía a lo de «Thomas», era que estaba verdaderamente molesta—. Esa mujer te amaba, ¿no crees?

Thomas quedó helado.

—Supongo que sí —dijo.

—¿Entonces? —acotó ella.

—¿Entonces qué? Helena, escucha...

—No sigas, no quiero oírlo. Lo encuentro barato, Thomas, qué quieres que te diga. Definitivamente barato.

Ya no hablaron de nuevo, hasta llegar a la galería de Gloria Stewart, quien estaba, para sorpresa creciente de Thomas, igual de molesta que su amiga. Thomas se sintió cada vez más confuso.

El recital transcurrió en completo silencio, pero sólo hubo algunos breves aplausos al final, que dieron paso a la conferencia de prensa. Thomas reparó en que había más reporteros que los habituales en un acontecimiento de esa índole y parecían todos igualmente molestos que la dueña de la galería. Hasta que uno aludió explícitamente al motivo:

—¿Por qué negó usted a Teresa Weissman y su papel tan inspirador hace unos años, señor Thomas, cuando publicó *El gato montés*?

Thomas quedó pensativo. Luego dijo, con un aire sorpresivamente definitivo:

—Porque deseaba humillarla. Y ya no responderé a más preguntas.

Bajó del estrado y se retiró de la galería sin decir nada más, entre un murmullo reprobatorio. Sin haberle dado siquiera las gracias a Gloria Stewart por su invitación y los canapecitos, que ahora andaban en boca de los periodistas.

Fue un pretexto adicional para la polémica, como lo había anticipado él mismo con secreto deleite, cual un kamikaze al ver aparecer al fin sobre las aguas el portaaviones adversario. El profesor Franco reapareció al día siguiente en los titulares de la tarde, acusándolo de soberbia, señalando su gran decepción ante una actitud de Thomas que consideraba «indigna de su alta investidura poética». Se sentía no sólo defraudado, sino culpable: el responsable indirecto de haber insuflado años atrás, entre el público lector, el amor sincero por la obra de Thomas. Hasta postuló una hipótesis abrumadora: «Toda la obra de Ángel Thomas parece tambalearse de pronto como una gran impostura, apenas sostenida sobre ese pedestal ficticio que todos sin excepción hemos contribuido a forjarle...».

No era el único que se sentía decepcionado. El jueves apareció el suplemento literario de *La Razón* con una crítica al último poemario de Thomas, *El zaguán dormido*, pero era algo más que una reseña al pasar: sonaba, más bien, a un desmentido de su entera labor como poeta, a cargo de un reseñista de nombre resonante: Reinaldo Bracamonte. El titular de la nota era despiadado: «*ÁNGEL THOMAS: CON LOS PIES EN EL BARRO*».

Thomas sonrió en la soledad del hotel. Se sintió, él también, defraudado, a falta de un sentimiento más preciso. Pero a la vez complacido, eso era lo más curioso. A fin de cuentas, nunca había estado con absoluta propiedad en aquella meseta un poco vana en que pululaban los poetas nacionales. Era un *outsider*, un marginal a su manera, un exiliado interminable en las praderas nevadas de Wisconsin. No les debía gran cosa al profesor Franco y los demás idólatras de su obra. Él no les había requerido su devoción, esa que ahora le escamoteaban en coro. No le sorprendió ya el carácter volcánico de la polémica, la saña que crecía en cada nueva entrevista, con nuevas críticas y denuestos que se acumulaban día a día. Más revelador le pareció el mecanismo detonador, la secuencia que el tal Eurípides había puesto en marcha, con esa vida que ahora parecía la suya, llena de fechas y nombres que acababan de suplantar su verdadera infancia y su adolescencia tan frugal en un departamento de Linares. De vuelta en el presente, en aquel confín del mundo donde nada importaba demasiado (que fuera un predador o la presa, el ofensor o la víctima), comenzó a resultarle incluso divertido. Como un juego de marionetas en que nadie percibía ya los hilos ni sabía muy bien quién los manejaba y todos participaban ahora del nuevo libreto: él y los antiguos defensores de su obra, los amigos decepcionados de su proceder, los críticos. Le pareció incluso gracioso esto de que hubiera una vida distinta a la suya creciendo y multiplicándose en rededor, en un páramo adormilado que hasta entonces denominaba «mi país», «la patria remota». Gracioso y de algún modo un obsequio (aunque fuera, una vez más, la manzana envenenada): un derrotero opcional que un individuo de manos húmedas y ojos saltones acababa de endilgarle. Se preguntó si no sería siempre así, con cada nueva mención de cualquier personaje ilustre en las enciclopedias; si no habría sido así desde los orígenes: un juego de espejos en el que cada nueva rémora asociada al escualo se encargaba de reescribir a discreción su vida, sus decisiones, su estratagema para subsistir al fondo de los mares. Casi le dio gusto, casi lo hizo feliz. De ahí a despertarse a la mañana siguiente con esa nueva versión de sí mismo, con esa nueva piel que Eurípides Sanhueza le había adosado, hubo apenas un paso: al cabo de las horas, se descubrió evocando la hacienda inexistente, a su padre rodeado de los inquilinos, a Teresa llorando junto a él, suplicándole su amor; se vio en el río y la plaza, conmovido ante el orfeón, acuñando en su mente infantil los primeros versos. Como si hubiera estado viendo a un ídolo de piedra en algún museo o leyendo un testimonio remoto en un papiro encontrado por azar. Como se admira en silencio a un fósil recién desenterrado de las arenas de África.

Igual sintió, al leer la crítica del tal Bracamonte, el afán paradojal de acriminarse, quizás de agarrar por el cuello al huidizo Eurípides y asfixiarlo con parsimonia, con ambas manos, sin soltar, hasta que sólo le quedara entre los dedos su estampa grotesca, con la lengua afuera y sus ojos más desorbitados que nunca. Entonces, aunque no le convencía del todo el empeño, llamó a su número, el que había en la tarjeta que él mismo Sanhueza le había entregado.

Del otro lado afloró la voz de una mujer mayor, que bien podía ser la madre. Thomas evitó identificarse y le preguntó por Eurípides. Ella le señaló que su hijo (o sea que efectivamente era la madre) no podía atender más llamadas, que no deseaba insistir en una polémica de la que él mismo no era responsable, sino más bien «ese Thomas», pero que le dejara igual su nombre, el diario para el que trabajaba. Su hijo lo llamaría de vuelta cuando estuviera repuesto de este mal trago.

—¿Qué mal trago? —indagó Thomas.

—Es su vida entera, usted no lo entiende —explicó la voz—. Toda una vida de trabajo y de andar investigando, para venir a comprobar ahora, Dios..., para venir a descubrir ahora que ese Thomas... Usted perdone, no puedo hablar más.

Colgó. Thomas sólo acertó a devolver el auricular a su sitio y caminar hasta el baño. Allí se paró ante al espejo y se alisó repetidas veces el cabello, que ya no era el mismo de antaño pero igual subsistía con mínimo decoro en su sitio, como en sus años de Linares. «Los años junto al río», pensó, «paseando del brazo de Teresa...».

En los días siguientes arreció el torbellino a su alrededor. A la desilusión tan explícita del profesor Franco, se sumó la condena dominical de algún historiador galardonado con el Premio Nacional hacía unos años, que despotricó abundantemente, en otro diario capitalino, contra «los poetastros inescrupulosos que, amparados en alguna cátedra remota, vienen ahora a jactarse ante el país de sus mentiras de juventud y sus engaños a costa de una pobre chica judía...».

Eso bastó para que la tertulia dominical de ALMORZANDO EN CÁMARA, que iba ese mismo día a las dos de la tarde y era transmitida en directo, se reenfocara en el tema del antisemitismo y en sus coletazos supervivientes entre la intelectualidad criolla. Un fenómeno velado, decían los invitados al espacio. «Tan traicionero como un gato montés oculto en la maleza», dijo uno de ellos y rieron todos con la alusión. Thomas vio la emisión por casualidad, tendido en su cama del hotel, cuchareando una sopa de espárragos. El zarpazo final ocurrió de manera explícita cuando la periodista que conducía el espacio extrajo conclusiones antes del cierre.

—A mí esto del racismo no me parece algo tan velado —declaró, mirando fijamente a la cámara—. Los aquí presentes sabemos bien de qué se trata, la razón que nos ha convocado a todos aquí para hablar de este tema de la mayor seriedad...

Hubo una pausa, envuelta en gran solemnidad.

—Si un poeta tan aclamado como Ángel Thomas —continuó la anfitriona—, cuando menos hasta ayer aclamado, se permite ahora hacer alarde de su olímpico desdén a la comunidad israelita, qué podemos esperar..., es lo que yo digo, señores telespectadores, amigos invitados..., qué podemos esperar de los intolerantes de siempre. Es lo que me pregunto desde ayer e invito muy sinceramente a la audiencia y nuestros amigos que nos ven cada fin de semana a reflexionar en torno a este punto... Buenas tardes y hasta el próximo domingo, si Dios quiere.

Irrumpió una música de violines y la cámara derivó a un plano general de los invitados, que estaban todos con expresión contrita. Luego se sucedieron los créditos y auspiciadores del espacio. Thomas quedó mirando al techo, viendo una arañita ínfima que se desplazaba por el cielo raso en busca de refugio.

Por la noche hubo nuevas escaramuzas en la tertulia habitual de Radio Nacional, donde estuvieron de invitados Bartolucci y Sofanor Olguín y hablaron los dos con insospechado sarcasmo de su pasada amistad con «este gato montés que ha vivido tanto tiempo entre nosotros, haciendo de las suyas sin que nos diéramos cuenta». La broma fue de Bartolucci y Olguín la secundó con una carcajada a micrófono abierto. El locutor hizo lo propio. Luego este último sugirió, en un llamado perentorio al Ministerio de Educación, que se reconsiderara muy seriamente la posibilidad de excluir a Ángel Thomas del futuro programa de lecturas escolares.

Thomas resolvió que ya era suficiente y volvió al teléfono para hablar con el estudio radial, cuando el programa estaba aún en el aire, pero el radio-controlador se negó a sacarlo en directo, según explicó luego porque Thomas estaba «absolutamente fuera de sí».

Más tarde llamó a Olguín a su casa, a Bartolucci, a Helenita MacKenna, pero nadie se puso al teléfono. No consiguió sortear a ninguna de las criadas, ni al secretario personal de Orrego. Tampoco logró hablar de nuevo con Eurípides Sanhueza. Su madre se interpuso cada vez en el teléfono y, puesto que no había tenido la precaución de anotar su dirección, no tuvo posibilidad alguna de ir a retorcerle el pescuezo como anhelaba. Un propósito que, de todas formas, había perdido fuerza con los días. Sumido en repentina cuarentena, sólo atinó a pasearse otro poco por el centro de la ciudad, rehuyendo la mirada de los transeúntes, como un perro vago al que acababa de declarársele la sarna, en esa ciudad intrascendente, perdida al extremo de la civilización.

Así hasta el martes, en que un suplemento femenino incluyó un reportaje a la galería de Gloria Stewart y a su labor tan estimulante para las artes locales, incluido ese recital poético tan cuestionado de Ángel Thomas en días recientes. Gloria Stewart no se dejó sorprender y aprovechó de calificar al propio Thomas como «un individuo grosero y malagradecido, después de lo mucho que hemos hecho todos por él». De paso, manifestó su más absoluta solidaridad y la de todas las mujeres criollas para con la pobrecita Teresa Weissman.

Thomas se paseó de nuevo en abundancia por las calles céntricas y las proximidades del hotel, a ratos como un lobo aguerrido y luego, al atardecer, como un perro apaleado, cuando llegaba la hora del té y se descubría a solas en la Plaza de Armas, oculto en una banqueta, sintiendo que lo observaban de todos lados: los paseantes o una chica con aires de universitaria, o un par de funcionarios que parecían murmurar a su costa, o el lustrabotas que se ofrecía a limpiarle el calzado. Al cabo de tres, cuatro días, reconsideró las opciones, o más bien la única opción a su alcance, y cuando algún lustrabotas adicional acabó de atormentarlo con sus escobillas, se levantó con presteza, caminó por una de las avenidas peatonales hasta las oficinas de American Airlines y allí solicitó con premura, con inusitada brusquedad, que le cambiaran la fecha de regreso a Estados Unidos. Al día siguiente por la noche voló de vuelta a Wisconsin, sin despedirse de nadie, con el rostro semioculto tras sus gafas de sol, deleitándose por última vez con su nuevo personaje: un hombre sometido aún entonces a escrutinio.

En Internet rastreó luego, desde la distancia, lo que aún aparecía en la prensa criolla, la secuencia residual de la polémica, que no decreció en su ausencia y más bien al contrario. De hecho, era como si cada uno de sus viejos defensores —cada recopilador que había incluido alguno de sus poemas en una antología, cada reseñista y crítico que había elogiado antes *El gato montés*, cada amigo de la infancia o coetáneo suyo, cada nueva dama afín a la cultura y sus poemarios— hubieran resuelto al fin destapar la olla, revelar alguna faceta desconocida y reprochable de su vida en Linares, de su epifanía presunta en la plaza de adolescencia y ante el orfeón municipal, de sus cabalgatas en la hacienda paterna, de los inquilinos reunidos junto al fuego. Eso lo convirtió, adicionalmente, en un «terrateniente despiadado» y un «chico bien» de provincias, en un «timador profesional», en un «plagiario de epifanías» que muy probablemente habían sido de terceros. Se hablaba una y otra vez de su idilio fallido, tan poco feliz, con la pobrecita Teresa Weissman, que lo había querido de veras y con devoción. Un amor al que él había replicado con arrogancia, con su altivez ahora conocida de todos, yéndose a la capital, llevándose consigo esos versos que ella le había inspirado. Hasta se sugería la posibilidad abrumadora de que *El gato montés* fuera la obra secreta de la propia Teresa, que se la hubiera cedido ella sin estridencias, sólo porque lo amaba, con la esperanza vana de que eso lo hiciera recapacitar y apreciarla al fin en lo que valía, asumirla en su vida. No era extraño, pues, el título que el propio Thomas había dado al poemario; casi parecía un reconocimiento implícito de su vocación carroñera, «una forma sutil de asumir su culpa felina», al decir de un crítico.

Por su parte, sólo atinó a volver sobre el manuscrito de Eurípides y a proseguir con su lectura, ávido —a pesar de todo— de averiguar lo que esa epopeya discrecional le deparaba. Complacido, verificó que el tono tan fervoroso del biógrafo para con su objeto no había decrecido. Y volvió a ser «implacable» cuando Eurípides así lo afirmaba, «frío y resuelto» cuando había que aniquilar a algún rival poético, «impenetrable y sagaz» cuando las circunstancias lo requerían, «audaz y parlanchín» cuando era apropiado. En esa versión febril ya no era jamás pusilánime ni tenía úlceras, ni debía prosternarse ante los contratiempos, ni sentía el pavor que verdaderamente sintió a su arribo a la capital, ni echaba de menos la provincia con sus avatares anodinos, ni debía mostrarse agradecido de sus mentores o de quien lo ayudó a librarse al fin del terruño y partir a los Estados Unidos.

Durante una semana siguió viviendo de la euforia callada que esas páginas meticulosas de su biógrafo le tenían destinadas, ciñéndose a ellas con auténtico fervor, repitiendo los gestos que Sanhueza había imaginado para él, yendo ahora a sus clases de Wisconsin con la careta heroica que el biógrafo le había puesto para que la exhibiera ante sus colegas de la universidad. Así durante una semana, noche a noche, episodio a episodio, hasta ir aproximándose en su lectura a las páginas finales. Para entonces estaba —siempre en la versión de Eurípides— instalado ya en Wisconsin y enseñando en la universidad local, cada vez más próximo al presente, consumido a su manera por la lectura. Hasta que una frase en apariencia intrascendente le saltó a la cara como un arañazo. «En el otoño de ese mismo año», decía el texto poco antes del final, «al volver por enésima vez a los Estados Unidos, Ángel Thomas, el trovador ahora defenestrado por sus compatriotas, adquirió el arma definitiva, de un calibre apropiado...».

Estaba —cuando arribó a esa línea— en la quietud de su living y el sillón, viendo en el televisor apagado su propio reflejo, a un hombre a solas que lo contemplaba desde allí, con una lata de sopa Campbell's a su alcance en la mesita de centro, cuyo rostro acababa de nublarse allí en la pantalla. Parecido a un fotograma, un gesto fuera del tiempo, la imagen congelada de un individuo que examinaba ahora con detención su mano derecha, la palma de su mano con cierto detalle.

Donde casi podía ver, donde casi llegó a advertir junto a la línea de la vida los rastros de pólvora, la huella residual del arma. Esa que habría de adquirir —pensó— al día siguiente, de un calibre más que apropiado.

Juan Villoro

(1956)

Juan Villoro nació y reside en Ciudad de México, y ha vivido en Alemania, donde fue agregado cultural de México en Berlín Oriental de 1981 a 1984, y en Barcelona. Es autor de las novelas *El disparo de argón* (1991), *Materia dispuesta* (1997), *El testigo* (2004), *Llamadas de Ámsterdam* (2007) y *Arrecife* (2012), además de los siguientes libros de cuentos: *La noche navegable* (1980), *Albercas* (1985), *La casa pierde* (1999), *Los culpables* (2007) y *El Apocalipsis (todo incluido)* (2014). También ha publicado obras de teatro, como *El filósofo declara* (2011) y *Conferencia sobre la lluvia* (2013), y ensayos: *Efectos personales* (2001) y *De eso se trata* (2008). Entre sus libros que recogen su obra periodística, destacan: *Palmeras de la brisa rápida: un viaje a Yucatán* (1989), *Safari accidental* (2005), *Dios es redondo* (2006) y *¿Hay vida en la Tierra?* (2012). Su relato «Yo soy Fontanarrosa» pertenece al libro *La hinchada te saluda jubilosa* (Editorial Fundación Ross, Buenos Aires, 2008).

«Yo soy Fontanarrosa»

—Te van a expulsar, pendejo —me dijo Kafka.

Yo llevaba años sin tocar un balón y de pronto enfrentaba el pésimo humor de Kafka y los consejos de Chéjov, que de nada servían.

Chéjov jugaba de medio escudo, no porque tuviera facultades, sino porque quería estar en el centro de la cancha, donde hay más gente para dar consejos. Desde el silbatazo inicial, gritó cosas apasionadas que nadie entendió. Como si hablara en ruso, el muy mamón. Por ahí del minuto 14 hubo una pausa (la pelota se fue a la cancha de al lado, donde un delantero anotó con ella un golazo inútil); mientras, Chéjov me recomendó marcar al extremo izquierdo a dos metros de distancia. Luego dijo:

—Te va a fundir.

Esto ya no era un consejo sino una negra hipótesis. No lo insulté porque yo no estaba en condiciones de discutir.

Jugábamos en un potrero con más hoyos que pasto, no lo digo para disculparme —todo mundo sabe que las condiciones del terreno afectan por igual a los dos equipos— ni porque tenga mucho toque, pero intenté pases finos, de corte europeo, que fueron desfigurados por un hueco. Era como patear pepinos.

Todos deslucían en ese campo, pero el pinche Kafka consideraba que yo jugaba peor. Cuando me preguntaron cuál era mi posición dije que lateral derecho. Siempre jugué de extremo derecho, pero he fumado demasiado y rebajé mi puesto.

Carezco de fuelle y el *dribling* es una habilidad proletaria que desconozco. Me faltan potencia y picardía. Mi estilo es europeo, pero del tipo portugués. Ni muchas carreras ni muchos desbordes. Pases elegantes, alguna que otra pared, un fútbol de clase que no siempre se aprecia.

Por desgracia, yo parecía un portugués en Angola. Todas las canchas populares de México están en África. Había que oír esos gritos y ver esa tierra agrietada: una contienda inter-tribus donde cada encontronazo hacía que una espiral de polvo subiera al cielo como una plegaria primitiva. ¡Y así querían que marcara al extremo izquierdo!

Cuando conocí al equipo, me impresionó el porte de uno de los centrales, Tolstói. El tipo parecía *La guerra y la paz*. A su lado estaba Ben Okri. Tenía facha de basquetbolista y terribles ojos color carbón.

No sé quién es Okri. Soy escritor pero leo poco porque no quiero influenciarme. Supongo que es un africano. En el fútbol está de moda tener africanos. Además, esa cancha era perfecta para un prófugo de los leones.

Al otro lado, de lateral izquierdo, se movía el inquieto Kawabata. Un zurdo natural que disparaba diagonales imprevistas. Tampoco he leído a Kawabata, pero vi una película supercachonda basada en un texto suyo.

Nuestro 10 era Cortázar. La verdad, era el único con idea de lo que hacía. Tocaba el balón como si hubiera nacido en Argentina. Un crack. Lo malo es que sus pases iban a dar a Joyce, un presuntuoso que se sentía hecho a mano. Cortázar le puso el balón en bandeja y Joyce disparó a las nubes, o al cielo gris donde debería haber nubes. Luego sonrió como si sus errores fueran geniales.

Aunque los demás también se equivocaban, desde el principio se ensañaron conmigo. Por ahí del minuto 28, el extremo izquierdo me rebasó con facilidad, siguió de largo y Tolstói y Ben Okri le salieron al paso. Los centrales demostraron lo que puede la fuerza bruta ante un jugador habilidoso: lo hicieron sándwich. El árbitro decretó penalti.

Así nos metieron el primer gol. 28 minutos sin gol podía ser visto como una proeza para nuestro equipo, pero Hemingway, que sólo se animaba cuando había un conato de bronca, me vio con esos ojos que en las canchas reglamentarias significan: «nos vemos en los vestidores» y en las canchas donde no hay vestidores significan: «te voy a partir la madre», sin que haya que precisar el escenario.

En la siguiente oportunidad en que el extremo izquierdo se quiso lucir, traté de meterle una zancadilla pero me salió una patada. Vi la tarjeta amarilla. Entonces fue cuando Kafka me dijo que me iban a expulsar por pendejo.

Él era nuestro capitán. Siempre he respetado los códigos del fútbol, pero no me gustaba que un tipo con pelo de roedor (de hámster, para ser exacto) pusiera en entredicho su autoridad haciéndole caso a Chéjov, que me ordenaba como si fuera Johan Cruyff:

—¡Abre la cancha!

¿Sabía él que dos horas antes yo estaba fumando mi quinto cigarro del día? ¿Que la coca y el trago me ayudan a vivir, siempre y cuando eso no implique correr? ¿Que la barriga me pesa como si fuera de otra persona? ¿Que la última vez que visité a mi ex mujer el elevador estaba descompuesto, tuve que subir por la escalera y llegué arriba con una cara tan preocupante que ella se abstuvo de insultarme?

Obviamente no sabía nada. Él era Chéjov, instructor de inferiores. A su lado, Kafka parecía dispuesto a enviarme a una colonia penitenciaria.

Jugaba por mi libertad, como todos los hombres de palabra verdadera, según dice el Subcomandante Marcos. Pero yo enfrentaba un desafío superior: estaba arrestado en la cancha.

Nuestro equipo llevaba nombres de escritores en los dorsales. Eso era especial. Más especial era que mis diez compañeros trabajaban en la policía.

Alguna vez le dije a mi ex esposa (entonces mi novia) que el fútbol significaba un estado de ánimo. He llorado con los goles del Cruz Azul y mi única fractura se debió al fútbol (pateé el refrigerador cuando nos eliminó el Santos). Afición no me falta. Cada vez que atravieso un parque y veo niños jugando, anhelo que se les vaya la pelota para devolvérselas con un toque que considero maestro, aunque le pegue al carrito de algodones de azúcar.

Lo que me molesta es correr. El organismo se degrada con ese desgaste disfrazado de ejercicio. Correr envilece y correr en el trópico o a dos mil metros de altura envilece dos veces. Los mexicanos debemos caminar.

El problema, *mi* problema, es que ese partido podía ser mi salvación. El fútbol regresaba como el peor estado de ánimo: la angustia del hombre acorralado.

La mañana empezó mal. Abrí el periódico y vi el marcador del narcotráfico: cuatro ejecutados, dos en Zamora, mi ciudad natal, y dos en Guadalajara, donde estudié la universidad. Las ejecuciones se habían convertido en mi horóscopo. Si las víctimas caían en sitios que tenían que ver conmigo, el día era atroz.

A pesar de las señales en contra, salí a la calle, y no sólo eso: salí con el Mecate. Me pidió que lo acompañara a Ciudad Moctezuma a ver a un mecánico baratísimo.

El coche del Mecate revela que ya consultó a un mecánico baratísimo, pero necesitaba otro, a 15 kilómetros de donde estábamos, para cambiar el claxon que sonaba como si tuviera gripe.

Todo esto resulta indigno de figurar en una historia, pero cuando uno se siente en deuda hace cosas indignas de figurar en una historia. El Mecate enseña Educación Física en una secundaria donde las tres maestras de Español están enamoradas de él. Gracias a eso, recomiendan mis libros juveniles y una vez al año me invitan a un auditorio donde reúnen a mil lectores cautivos. Entonces siento un poder magnífico. Con el Mecate iría a la Patagonia.

Hicimos hora y media de camino. En el desayuno, yo había bebido una cafetera completa. Cuando pasamos junto a la Cabeza de Juárez, me estaba orinando. Apenas pude disfrutar la vista de ese horrendo monumento, el cráneo colosal del Benemérito de las Américas montado sobre un arco que lo hace ver aún más alucinatorio. Aunque no advertí toda la fealdad en su espectacular detalle, la imagen resultó profética.

Entramos a un inmenso conglomerado de casitas de dos pisos donde la planta baja es ocupada por un negocio y la azotea por perros, antenas y tinacos. Cuando llegamos al taller, me pellizcaba la mejilla para que el dolor me distrajera.

Minutos después oriné sobre un montón de piedras. El taller mecánico estaba junto a un sitio donde hacían lápidas para cementerios y figuras de yeso.

Un hombre desesperado puede orinar entre futuras tumbas. Un hombre muy desesperado puede orinar sobre una estatua de Benito Juárez. Fue lo que hice.

Me gusta contar el tiempo en las orinadas largas. Mi récord son dos minutos. Iba en el segundo 98 cuando alguien me tocó la espalda. Me volví y oriné los zapatos un policía.

—Mira nomás, pendejo —el policía señaló sus pies; luego señaló lo que yo había tomado por una piedra—. ¿Ya viste?

—¿Qué?

—¡Measte a Juárez!

Me acuclillé para ver la piedra y comprobé que, en efecto, se trataba de un busto en miniatura del Benemérito de las Américas. A su lado estaban Morelos con su pañuelo en la cabeza, Carranza con sus barbas, Allende con sus patillas. ¿Cómo no los había distinguido?

Cuando me incorporé, un pelotón rodeaba al policía. Me vieron como si mis orines hubieran apagado la flama del Soldado Desconocido.

Los policías estaban ahí para escoger una lápida en memoria de un compañero acribillado. La ocasión era solemne. Eso me lo dijeron después. En ese momento sólo criticaron lo que yo había hecho. Orinar una propiedad privada (ajena) es delito. Mancillar un símbolo patrio es un delito peor.

Los policías de Ciudad Moctezuma llevaban un uniforme algo distinto al de los del D. F. Pero eso los distinguía menos que otro detalle: eran juaristas convencidos. Mi suerte había sido pésima: la cabeza de Juárez es la que más se parece a una piedra redonda.

El celo histórico de los uniformados se confundía con el abuso de autoridad, pero un sexto sentido me indicó que decirlo podía ser nocivo para mi salud.

Me llevaron a la patrulla sin que pudiera despedirme del Mecate. En el camino a la delegación, politizaron mi arresto. Me recordaron que la izquierda mexicana es juarista y que Ciudad Moctezuma está regida por la izquierda. El gobierno federal no le perdonaba a Juárez haber separado la Iglesia del Estado, ni haber sido indio.

—La derecha es discriminatoria —dijo un policía.

—Yo no discrimino a nadie —me defendí.

—¡Te measte en Juárez!

—Fue un accidente.

—No hay accidentes, sólo hay consecuencias —contestó otro policía.

Pensé que era una cita. Luego me pareció discriminatorio suponer que si un policía dice algo raro es una cita. Guardé silencio para no parecer antijuarista.

No fuimos a la delegación porque hubo un 28 y un 04. Eso dijo el radio. La patrulla se desvió primero a una licorería que había sido asaltada y luego a una escuela donde encontraron una mochila con mariguana «que no era de nadie». Vi trabajar a los policías durante hora y media con dedicación. Esto resquebrajó algunos prejuicios que tengo sobre las fuerzas armadas.

La siguiente sorpresa vino cuando me preguntaron a qué me dedicaba.

—Soy escritor.

—¿Le gusta el fútbol? —preguntaron, como si hubiera relación entre las dos cosas.

—El fútbol es un estado de ánimo —dije, para demostrar que soy escritor.

La frase no les interesó. Uno de los policías me escrutó como si buscara mis obras completas en el nacimiento del pelo:

—A ver: ¿quién escribió *La vorágine*?

Estaba muy nervioso y aún no me acostumbraba a respetar a la policía. Cuando el uniformado dijo «*La vorágine*» pensé que, en su condición de iletrado, malpronunciaba un título francés, algo así como *La vorange*. Como no sé francés, no quise ser pedante ni arriesgarme en falso con un autor:

—No sé.

No creyeron que fuera escritor.

El operativo 28 y el 04 retrasaron a la patrulla en su principal meta del día: un partido en cancha grande.

No les daba tiempo de dejarme en una celda y tuve que acompañarlos.

En el trayecto sonó el radio:

—«Houston, tenemos un problema».

Luego siguió una conversación que la estática volvió incomprensible.

—Llevamos un elemento —el policía que iba al volante dijo en su radio.

Fuimos los últimos en llegar al campo. Los demás ya estaban vestidos, con camisetas a rayas azules y negras, como el Inter de Milán.

—Nos falta un jugador —me explicó el policía que me había arrestado.

Fue así como me entregaron la camiseta de Fontanarrosa.

—Para ponértela, tienes que aprender esto —me dieron una tarjeta.

El ayuntamiento izquierdista había lanzado un peculiar programa de promoción de la lectura entre los policías. Les daba uniformes a condición de que portaran nombres de escritores. Para vestir la camiseta, había que saber quién era el autor que la respaldaba. Después del partido se celebraba una velada literaria.

Leí mi tarjeta: «Roberto Fontanarrosa fue un humorista que ayudó a pensar en serio. Dibujó la series de *Boogie el aceitoso* y *El renegau*. Hincha del Rosario Central, escribió inmortales cuentos de fútbol. Su libro *Una lección de vida* resume en su título lo que dejó a sus lectores. Cuando murió, las barras pidieron que el estadio de Rosario llevara su nombre. Se reunía a hablar con los amigos en el Café El Cairo. Ahí, una taza no deja de echar humo, por si el Negro regresa».

Hace años escribí una nota un poco displicente sobre *Una lección de vida*. Quería mostrarme como escritor sofisticado y no me pareció correcto elogiar a un caricaturista. Ahora, la camiseta con su nombre podía congraciarme con los policías. Me la puse como una segunda piel.

El policía que había conducido la patrulla resultó ser Chéjov. Justo cuando pensaba que un buen rendimiento en el partido podría salvarme se acercó a decir:

—Estás arrestado. Vas a jugar, pero arrestado.

¿Puede alguien sobreponerse a semejante presión? Tenía tantas ganas de hacer las cosas bien que las piernas me temblaban.

He omitido un detalle que no me queda más remedio que decir. Cuando los policías me detuvieron, les ofrecí un billete de cincuenta pesos. Me vieron con el rencor de un pueblo especialista en sacrificios humanos. Entonces les ofrecí cien, pensando que había un problema de cotización.

—No aceptamos sobornos: esto no es el D. F.

Había caído en un andurrial donde la norma era inflexible. Cuento esto para que se comprenda mi angustia en la cancha: esos policías no me iban a perdonar así nomás. Todo les parecía grave. Eran fanáticos juaristas que no se corrompían y esperaban que yo frenara al extremo izquierdo.

Me apliqué en la marca, como si me entrenara el dictatorial Lavolpe, pero fui rebasado, metí el pie en un agujero, tropecé con Tolstói, la pelota me rebotó en la espalda y el enredo se convirtió en un pase para el centro delantero rival: 0-2.

En el segundo tiempo la vista se me nublaba de cansancio pero no me rendí. En algún minuto impreciso recibí un balón elevado, lo maté con el pecho y chuté con efecto. El balón salió como un planeta en miniatura, girando sobre su eje, y fue a dar al rincón donde anidan las arañas. En caso de contar con redes, aquello se hubiera visto como un golazo. El único problema es que esa era mi portería.

Hemingway llegó dispuesto a matarme.

—«Los valientes no asesinan» –cité la frase con que Guillermo Prieto salvó la vida de Benito Juárez.

Debo reconocer que los policías juaristas respetan sus principios: Hemingway me perdonó la vida.

Se podría pensar que el marcador de tres goles en contra, las condiciones del terreno y mi escasa capacidad de respirar en ese aire cuajado de polvo podían desanimarme, pero no fue así. Corrí por mi libertad, me barrí aunque no fuese necesario y fracturé al extremo izquierdo.

El árbitro fue sádico: en vez de sacarme la segunda tarjeta amarilla y *luego* la roja, me sacó directamente la roja para enfatizar mi torpeza.

Ya dije que en Ciudad Moctezuma hay leyes que se respetan. Cuando un futbolista es expulsado se le suspende dos partidos, aunque se trate de una liga *amateur* y las porterías no tengan redes. Por mi culpa, el verdadero Fontanarrosa se iba a perder lo que quedaba del campeonato.

Salí de la cancha corriendo, para no retrasar el juego y permitir que mis compañeros anotaran tres goles para empatar. Atrás de mí venía Kafka.

Se dirigió a un maletín de utilero y sacó unas esposas.

Pasé el resto del partido encadenado a un poste.

Ya sin mí, el equipo recibió otros dos goles, pero ellos no reconocieron que les hice falta. Después de los tres pitidos finales, volvieron a verme con ojos de sacrificio mesoamericano.

Por primera vez consideré una suerte que respetaran la ley. Un poquito de impunidad habría bastado para que me asesinaran.

¿Qué podía hacer para calmarlos, recitar la frase famosa de Juárez: «El respeto al derecho ajeno es la paz»? Guardé silencio y eso me ayudó.

Después del partido, el equipo debía asistir a la tertulia literaria. Tampoco ahora había tiempo para llevarme a la delegación.

Los acompañé a un salón de la presidencia municipal. Entramos en uniforme, con caras de policías goleados, más tristes que las de los futbolistas.

Me sentaron entre Kawabata y Okri. En ese momento, ocurrió algo desagradable: Jorge Linares entró al estrado por una puerta lateral.

Los policías aplaudieron su llegada. A continuación, uno por uno se pusieron de pie, dijeron el nombre del escritor que llevaban en la espalda y recitaron su biografía. Cuando me tocó mi turno dije:

—Yo soy Fontanarrosa.

Linares me vio con atención. Nos conocíamos de nuestros inicios literarios. Él es de Colima y recibimos juntos la beca Jóvenes Creadores del Occidente.

A pesar de sus ojeras, los dientes manchados de tabaco, el pelo ralo y la frente arrugada por sus fracasos literarios, Jorge era reconocible. Más difícil resultaba que me ubicara a mí, con la camiseta del Inter, en un equipo de policías de Ciudad Moctezuma.

Recité lo que recordaba de la tarjeta. Jorge sabía de memoria las biografías porque él las había escrito. Me vio con incertidumbre, como si tratara de recordar algo.

Lo que quería recordar era lo siguiente: en 1998 nos peleamos por Fontanarrosa. Me acuerdo bien porque fue el año del Mundial de Francia. Jorge era entonces jefe de redacción de una revista que desprecio pero donde a veces publico porque soy plural. Escribí para ellos la reseña de *Una lección de vida*. Jorge la rechazó con estos argumentos:

—No te atreves a decir que el autor te gusta porque te parece populachero y tú quieres ser el escritor más fino de Zamora. El epígrafe de Adorno no viene al caso: lo pusiste para lucirte.

El comentario me molestó por veraz. Había leído a Fontanarrosa con gusto y mis reparos eran caprichosos (lo acusé de colonialista por escribir «mejicano» en vez de «mexicano»). Sin embargo, en ese momento pensé que Jorge quería bloquear mi carrera, me odiaba por ser un mejor escritor del Occidente y sólo se interesaba en Fontanarrosa por estar enfermo del fútbol.

Poco después, Jorge dejó el trabajo de jefe de redacción, se fue como corresponsal al Mundial de Francia y comenzó el sostenido hundimiento que ha sido su trayectoria. No volvió a escribir cuentos. Adquirió la deleznable notoriedad de un cronista de fútbol y apareció en programas deportivos donde parecía intelectual porque nadie lo entendía. Mientras él se sometía al declive de alguien que sólo concibe una metáfora si incluye un balón, yo aprovechaba el tiempo de otro modo. No puedo decir que me haya consagrado, pero soy uno de los autores juveniles más leídos de México, especialmente en la escuela del Mecate, y el año pasado recibí la Mazorca de Plata para autores del Occidente. Si ahora Jorge Linares me odia es por envidia.

Después de que recitamos las biografías, él leyó unos textos que hicieron reír mucho a los policías. En la sección de preguntas y respuestas, mis compañeros de equipo revelaron que lo habían leído con admiración, y no sólo a él, sino a otros autores que mencionaron al lado de Zidane y Figo. Al terminar la lectura, rodearon a Jorge para pedirle autógrafos, como si fuera Maradona.

Cuando lo dejaron libre, él se acercó a preguntar:

—¿Qué haces aquí?

—Yo soy Fontanarrosa —repetí, como si no pudiera decir nada más.

—Un grande —dijo él.

—Grandísimo —agregué, con tardía sinceridad.

En ese momento el Mecate entró a la sala. Me había buscado por toda Ciudad Moctezuma y al descubrirme gritó mi nombre como un náufrago que ve una gaviota.

La expresión de Jorge no cambió:

—¿Qué haces aquí? —insistió.

—Me arrestaron —contesté, y le conté mi historia.

Los policías le tenían respeto a Jorge. Nos dejaron hablar, sin interrumpirnos ni acercarse a nosotros. La situación cobró tal rigidez que ni siquiera el Mecate se aproximó. Fue un momento extraño, como cuando los capitanes de los equipos discuten en la cancha y nadie se les acerca. Una pausa dramática en la que dos rivales resuelven algo urgente. Segundos después volverán a odiarse. En ese instante, concentran las miradas del estadio entero y sus compañeros aguardan como estatuas. ¿Hay mayor tensión que la de los enemigos que acuerdan algo? Ese diálogo no califica como una jugada; al contrario: suspende el partido, ocurre fuera del tiempo, en una lógica paralela, inescrutable, que agrega un elemento extraño, que nadie desea pero contra el que no se puede hacer nada, un pacto oscuro y preocupante, el de los adversarios forzados a coincidir. Así nos vieron los demás, o así quise que nos vieran.

Cuando acabamos de hablar, Jorge se dirigió a los policías y me dejaron libre. Ellos lo hubieran obedecido en cualquier cosa. Pude regresar a casa, en el coche del Mecate, al que ahora le sonaba el claxon cuando caíamos en un bache.

¿Qué fue lo que Jorge Linares me dijo en aquel conciliábulo? Contó que había perdido la facultad de escribir historias.

No se le ocurría nada. Sólo podía narrar lo sucedido en una cancha de fútbol. Me pidió mi historia a cambio de mi libertad. Acepté porque no me quedaba más remedio:

—«Una lección de vida» —recité.

Jorge me dio un abrazo. Olía a tequila y a jabón barato.

Sentí lástima por él. Luego me irritó no haberme dado cuenta de que lo mío era una historia.

Al despedirse, Jorge se hizo el interesante:

—Un defensa debe dejar que pase la pelota o pase el jugador, pero no a los dos. La literatura es igual: a veces pasa la historia, pero no el autor.

El hijo de puta se quedó con mi cuento. No digo que yo lo hubiera escrito como Borges, pero sí como un mejor escritor del Occidente. Modestia aparte, él tiene el tema, pero no tiene mi voz.

Guillermo Martínez

(1962)

El I Ching y el hombre de los papeles

El hombre despierta en un sobresalto, con la espalda entume-cida. Se ha quedado dormido en la silla y tarda un instante en recordar dónde está, pero es la segunda noche, y también la sala con la hilera de camas y las cabecitas conectadas a las sondas empieza a resultarle familiar. Hay un olor pesado a desinfectante y agua de colonia, y desde lo alto llega el sigi-loso zumbido de aletas del ventilador. Una de sus piernas está acalambrada y al refregarse los ojos siente en la palma el roce áspero de la barba crecida. Trata de recordar la pesadilla que lo sobresaltó pero el último vestigio no se deja alcanzar y piensa que quizá es mejor así. Se pone de pie y se inclina en la oscuridad sobre la primera de las camas. Nada ha cambiado. La sábana amortaja hasta el cuello el cuerpo breve y delgado, una mata de pelo rubio se pega a la cara transpirada y la cabeza se mantiene quieta, en el mismo ángulo algo forzado, como si estuviese tironeada cruelmente hacia arriba por la sonda que sale de la nariz. Alguien repuso durante la noche la botella de suero y también el pañuelo húmedo sobre la frente. El, que había escuchado hasta dormirse el llanto desgarrante de la nenita en la tercera de las camas y luego entre sueños el fuerte ronquido asmático, como un nadador a punto de ahogarse, del chico del pulmotor, se pregunta por las diferentes estrategias del cuerpo contra la muerte y si el sopor profundo de su hija, esa quietud impenetrable, sería todavía una forma de resistencia ensimismada o el signo del abandono final.

Escucha pasos por el corredor y mira la hora: su esposa viene a reemplazarlo. La puerta se abre y el abanico de luz le deja ver por un instante las otras camas. La tercera, la cama de la otra nenita, está ahora vacía. Piensa que es peligroso dormirse: hay durante la noche desapariciones silenciosas, sustituciones imprevisibles. Siente la mano de su mujer en el hombro y el roce rápido de sus labios en la mejilla. Se quedan de pie como dos extraños, inmóviles, mirando un espectáculo también inmóvil y extraño.

—Nada, ¿no? —dice ella. Extiende el brazo y comprueba con la palma el pañuelo sobre la frente—. Hay que cambiarlo otra vez.

Sale de la habitación y él escucha a través del corredor el ruido de la canilla que se abre en la cocinita donde dormitan las enfermeras. Cuando ella vuelve y toca la frente él ve en sus ojos agrandados por el miedo lo que todavía ninguno de los dos ha dicho.

—¿Cuándo va a pasar otra vez el doctor?

—En dos horas.

—¿Dijo algo más?

Él niega con la cabeza.

—Sólo que hay que esperar.

—Algo salió mal, ¿no es cierto? Tendría que haber salido del quirófano en media hora. Eso es lo que nos habían dicho. Tal vez no era una apendicitis, tal vez hubo una complicación.

—Yo le pregunté y me dijo que no, pero a la noche vino a verla con otro médico. Dijeron que había que esperar otras veinticuatro horas.

—¿Vas a ir a dormir antes de dar tu clase?

—Voy a tratar de acostarme un rato, sí.

—¿Te vas a acordar de buscar el I Ching?

La voz suena con un tono angustiado de imploración, y él ve en sus ojos la misma mirada desvalida, como el brazo en alto de un náufrago, de cuando habían perdido el primer hijo, como si todo se hundiera a su alrededor y ya no le importara lo que él pudiera pensar. Le dice que revisó una por una todas las cajas pero que volverá a buscarlo.

—Y las monedas —dice ella—, no te olvides de las monedas. Tienen que tener una imagen masculina y una femenina. Yo usaba las inglesas de un cuarto, con el león y la reina. Deben estar en la alcancía roja, en la colección de ella.

El hombre asiente y se inclina para besarla. Ella lo abraza imprevistamente y rompe a llorar, un llanto quebrado con espasmos y un quejido ronco y desesperado. El siente que las lágrimas de ella le humedecen la cara y el cuello. Hace mucho tiempo que no se abrazan.

Ella se separa, vuelve a mirarlo y le endereza con un gesto automático el cuello de la camisa.

—¿Te vas a acordar?

El hombre hace girar la llave y entra en la casa. Hay un olor levemente distinto, el olor de una casa abandonada. Escucha un rasqueteo de uñas contra la puerta del patio y ve asomar en el vidrio el hocico húmedo de su perro. Su mujer le ha dejado en la cocina unas tostadas y jugo de naranja. El hombre abre la puerta del patio y comparte con el perro una de las tostadas. Todavía no amaneció. Avanza a tientas en la penumbra de un pasillo, entra en el cuarto de su hija y enciende una de las lámparas. Su mujer, advierte, estuvo durante el día allí. Todo está ordenado, como si ella hubiera alzado y tocado cada juguete antes de devolverlos a los estantes, y la cama de donde habían arrancado a su hija en la mitad de la noche está ahora otra vez tendida, con el cobertor de Winnie The Pooh prolijamente estirado. Ve sobre la mesa de luz una foto de él y su mujer juntos, sonrientes, muy quemados por el sol, tumbados en la arena, una foto que su hija sacó durante un verano en el mar, cuando sólo tenía cuatro o cinco años. Encuentra la alcancía dentro de un baúl de juguetes, un buzón rojo de lata que él le trajo de uno de sus viajes. La da vuelta sobre la cama y en el tesoro de monedas de todos los países separa los tres cuartos y los guarda en su bolsillo. Apaga la luz y sube las escaleras hacia su estudio.

Sembradas en el piso, con las tapas levantadas, tal como las había dejado la noche anterior, están las decenas de cajas con libros de la mudanza que habían llegado por barco. Esta casa no tenía bibliotecas; había al principio siempre alguna otra cosa más urgente para resolver, y desde hacía un tiempo habían dejado de pensar en eso, como si los dos supieran que ya no importaba, porque de todos modos él se iba a ir.

El hombre se pone en cuclillas, abre la primera caja y saca en altas pilas los libros hasta vaciarla. Trata de calcular mentalmente el espacio que ocuparán los libros en el cuarto. Está decidido a revisar todas las cajas otra vez. El libro que busca es negro, muy grueso, con el título escrito en caracteres chinos y el lomo descosido en uno de los extremos. Está seguro de que no pudo habérsele pasado por alto. Probablemente estuviera en una de las cajas que nunca habían llegado. La recuerda a ella sobre el libro, en los primeros años del matrimonio, cuando no podía dormirse por las noches. Recuerda sobre todo el ligero redoble de monedas, despertarse en la oscuridad con su costado de la cama frío, bajar la escalera guiado por ese ruido en rítmicas cascadas y encontrarla en salto de cama con el pelo suelto, el I Ching abierto en la mesa de la cocina y un papel doblado en dos al costado, con sucesiones interminables de rayitas que parecían un pedido repetido de auxilio en un extraño código Morse. La recuerda hablándole largamente, mientras él prepara un café, del hombre del Samurai rojo, de los ejércitos en retirada, de la mujer virtuosa y la mujer anciana, del duque de Chou, del cuidado de la vaca, de la mordedura tajante y las lágrimas de sangre que se derraman. Recuerda las mil pequeñas burlas que él le hacía y la respuesta que a veces ella le daba, con una sonrisa imperturbable, como una carta de triunfo permanente: el I Ching le había predicho que llegaría él a su vida, el hombre de los papeles. Así lo llamaba ella todavía a veces en un arrebato de ternura: mi hombre de los papeles.

El hombre abre la segunda caja y un borde de sol entra por la ventana, como una mano inesperadamente tibia sobre la cara. Un fuerte dolor le sube desde la cintura por la espalda. Se echa hacia atrás por un instante, hasta estirar enteramente el cuerpo sobre el piso de parquet y mira con los ojos entornados el cono de polvo movedizo y brillante suspendido en la luz del sol. Se duerme profundamente, sin escuchar que su perro sube con sigilo la escalera, quebrando una regla, y se ovilla a su lado.

Suena el teléfono en la planta baja. Una, dos veces. El hombre se despierta y logra llegar al pie de la escalera antes de que se accione el contestador automático.

—Pensé que podías quedarte dormido —dice su mujer; la voz le llega con ruidos detrás, como si estuviera en un teléfono público—. ¿A qué hora tenías tu clase?

El hombre mira su reloj.

—Todavía tengo tiempo de ducharme. ¿Alguna novedad?

—Acaban de llevarla a Rayos y el médico encargó otros análisis. Dijo que hay que esperar a que pase el día, pero no quiso decirme qué harían si no reacciona —su voz parece quebrarse y luego, como si se esforzara por recomponerse, le pregunta si irá al hospital directamente después de la clase.

—Sí, claro que sí.

—No te olvides entonces de llevar el I Ching con tus libros a la facultad.

Ella siempre le recordaba las cosas que debía hacer. El no creía tener la mala memoria que a ella le gustaba atribuirle, pero había sido al principio casi un juego entre los dos y sabía que ahora era quizá la única forma en que ella aún podía conectarse con él en las épocas más tormentosas. Su memoria tenía en todo caso un elemento errático, pero también algunos recuerdos duros e inamovibles. Podía recordar cada noche de la agonía de su hijo, podía recordarla a ella, todavía muy joven, murmurando para sí mientras arrojaba las monedas, atrapada en el tintineo hipnótico, tratando fanáticamente de arrancar al libro una respuesta distinta. Podía recordar el día, después del entierro, en que desapareció el I Ching de la repisa del comedor, sin que él se atreviera a preguntarle nada, y también el día en que ella empezó a tomar las pastillas con las que ahora dormía toda la noche.

El hombre abre la canilla de la ducha y se desviste rápidamente. Tiene un cuerpo largo y musculoso, que conserva intacto desde la época en que integraba el equipo universitario de natación. Todavía ahora puede nadar, sin sentir el esfuerzo, los cien largos de espalda que eran su rutina diaria. En ese pacto secreto con su cuerpo la parte que presiente que él cumplió es no haberle prestado nunca mucha atención. Sale del baño y se echa encima una camisa de manga corta, vuelve a mirar su reloj y decide que no tiene tiempo para afeitarse. Sube una vez más a su estudio, recoge un libro de Estadística y unas hojas de apuntes y arrastra del cuello a su perro escaleras abajo para sacarlo otra vez al patio. Se asegura de que tiene todavía en el bolsillo las tres monedas y busca sobre la mesa de la entrada las llaves del auto. Arranca en dirección a la Universidad, pero se desvía en una de las avenidas y estaciona frente a una librería. El empleado que lo atiende lo escucha hasta el final y mueve en una lenta negación la cabeza. Solamente tienen una edición resumida del I Ching. El libro grueso de tapas negras con prólogo de Jung que él menciona está agotado desde hace mucho tiempo, no cree que pueda conseguirlo en ninguna librería de la ciudad. El hombre camina de regreso al auto. Mira su reloj y acelera en la avenida un poco más allá del límite de velocidad. Cuando entra en el aula sus alumnos ya están sentados y escucha un pequeño murmullo de resignación. Nunca antes había llegado tarde, y posiblemente, piensa, todos creían que ya no iría. El hombre cruza el aula con sus pasos largos, se sube a la tarima y empieza a hablar de patologías médicas, de enfermedades extrañas, de monstruosidades. ¿Nunca les llamó la atención, pregunta, que los primeros ejemplos siempre se hayan descripto en China? ¿Serán acaso los chinos más proclives a las aberraciones, a lo monstruoso? ¿O será simplemente que son muchos? ¿Qué es finalmente una enfermedad rara? Una enfermedad de la que se manifiesta un caso entre diez millones, digamos. Pero los chinos son más de mil millones; una enfermedad rara en un país cualquiera ya no es tan rara en China. Pensemos ahora, dice el hombre, en los sueños premonitorios. Todos hemos soñado alguna noche que un familiar cercano muere, podemos suponer que cada persona tiene al menos una vez en su vida un sueño así.

Se detiene, como si hubiera perdido el hilo; acaba de recordar, en su claridad devastadora, la pesadilla que tuvo en el hospital a la madrugada. Se da vuelta contra el pizarrón por un instante, finge que busca una tiza y vuelve a girar para enfrentar la clase. Lo que no es tan frecuente, dice, es que al día siguiente el familiar, efectivamente, muera. Pero de nuevo, ¿qué significa «no tan frecuente»? Nuestro familiar cercano, como todo ser humano, debe morir algún día.

El hombre escribe en el pizarrón un número de cinco cifras. Este es el número en días de la vida máxima de una persona. Nuestro familiar puede morir en uno cualquiera de estos días. El sueño premonitorio ocurre también una noche cualquiera, en otro cualquiera de estos días. Pero entonces la probabilidad de que el sueño premonitorio se concrete es la probabilidad de que coincidan estos dos sucesos independientes: la noche del sueño con el día de la muerte. Y este número sabemos calcularlo.

El hombre escribe una ecuación, se detiene un instante en el signo de igualdad, como si estuviera haciendo una larga cuenta mentalmente, y anota un segundo número de casi el doble de longitud. Es un número grande, pero no tan grande, dice. En Tokio, en Buenos Aires, en Nueva York, rutinariamente, cada noche alguien mata a un ser querido en sus sueños. Por supuesto esa persona quedará absolutamente impresionada y no la convenceremos con esta cuenta, no la convenceremos con ningún razonamiento, de que no hubo nada misterioso, ninguna premonición, sino apenas la verificación trivial de una estadística, casi tan fatal como que haya un ganador en cada jugada de la lotería.

Borra el pizarrón con un modo enérgico y de a poco, con el mismo tono algo indiferente e irónico, demuele en su lección de estadística las martingalas, la astrología, el tarot. Sus alumnos apenas hubieran podido notar la diferencia con otro día cualquiera de clases. Está sólo un poco más abstraído que de costumbre y no ha intentado todavía ninguno de sus chistes suaves, casi secretos. Hace el primer intervalo pero no se aparta del escritorio mientras el aula se vacía lentamente. Una de sus alumnas de las primeras filas se acerca con una sonrisa dubitativa.

—Pero todo lo que usted dijo y la ley de los grandes números no se aplica al I Ching, ¿no es cierto? El I Ching predice acontecimientos del futuro... es otro plano, no puede reducirse a una tirada de dados.

Cada cuatrimestre, cuando llega a esta clase sobre el azar, hay alguien que se le acerca con este mismo aire alarmado, como si él hubiera desafiado una fe íntima, mucho más protegida que cualquier religión. Casi siempre es la astrología y tiene que escuchar defensas candorosas y encendidas y largas explicaciones sobre coordenadas astronómicas y casas astrales. Otras veces es el tarot. En general no puede hacer nada para que entiendan que sí, lo lamento mucho, es todo lo mismo, la ciega indeterminación de las cosas. Pero nadie hasta ahora había mencionado el I Ching.

—¿Tu libro nunca falla? —pregunta el hombre y su alumna no parece advertir el rastro de ironía.

—Nunca —dice con seriedad—. Todo lo que me predijo siempre se cumplió. Pero sólo hay que consultarlo para las cosas verdaderamente importantes.

—Tal vez tengas un ejemplar milagroso.

—No me cree, ¿no es cierto? —dice la chica, dolida.

El hombre la mira. La chica tiene una mirada clara, despejada, y hay en su cara algo radiante y terriblemente joven, como si no hubiera sido todavía expuesta a la vida. Se da cuenta de que sí, de que esta única vez, quisiera creer.

—El ejemplar milagroso —se escucha decir— es como la moneda milagrosa, un caso bien estudiado en la estadística. Imaginá por un momento que todos los habitantes de esta ciudad arrojen al aire una moneda veinte veces seguidas. Es perfectamente posible que la moneda de uno, de uno entre todos, caiga del mismo lado las veinte veces. Veinte caras seguidas. Ese hombre creerá que su moneda es milagrosa, pero por supuesto, no es nada intrínseco de la moneda, no es más que una de las configuraciones posibles del azar. Imaginate del mismo modo ahora a todas las personas que tienen un ejemplar del I Ching. Imaginá que después de cada consulta los que fueron defraudados por el oráculo abandonen el libro y sólo sigan consultando aquellos a los que el oráculo acertó en la predicción. Digamos, una mitad. Y luego de la segunda consulta, la mitad de la mitad, y así sucesivamente. Aun si el I Ching es tan ciego como una moneda, en una ciudad grande es perfectamente posible que exista un ejemplar que nunca se equivoque. Quizá ése sea el ejemplar tuyo. ¿Cómo es la edición? —pregunta el hombre de pronto.

—¿La edición? Pero eso no tiene nada que ver, ¿no es cierto? Es una edición común, de tapas negras.

—¿Con unas letras chinas doradas?

—Sí, es ésa.

—¿Podría pedírtelo prestado? Sólo por hoy.

—¿Hoy? Pero el libro está en mi casa.

—Lo preciso hoy, sí; podría acercarte después de la clase.

Por la cara de la chica cruza una expresión de descon-
cierto y algo de alarma, como si tuviera que reacomodarse a
otra conversación o empezara a preguntarse si debe entender
algo más detrás de sus palabras. Pero vacila todavía, seguramente porque no ve en la expresión de él los otros indicios,
una media sonrisa, un cambio en el tono, una segunda intención en la mirada, que le permita estar segura de cuál es el verdadero ofrecimiento. Se pasa una mano nerviosa por el pelo,
y sonríe débilmente.

—Pero usted no cree en el I Ching, ¿no es cierto? —La
sonrisa se acentúa con un destello de frivolidad. O quizá fuera
la manera de animarlo a cruzar ese límite invisible, para estar
segura de qué era exactamente lo que estaba por aceptar o
rechazar. El hombre hace un gesto cansado.

—No, en general no; pero no es para mí. Es... —Se detiene,
como si hubiera elegido un camino equivocado—. Es largo
de explicar —dice—. Pero es una consulta importante, como
dijiste antes. Me gustaría que fuera con tu ejemplar. ¿Puedo
pedirte ese pequeño favor? Te lo devolvería mañana mismo.

—Claro, claro que sí —dice la chica y retrocede confun-
dida a su banco.

—Gracias —dice el hombre—; nos encontramos entonces
después de la clase.

La casa de su alumna está en el nuevo barrio estudiantil,
detrás del parque. Durante el breve trayecto apenas conversan.
Él se entera del nombre de la chica. La chica se entera de que
tiene una hija por los juguetes en el asiento de atrás. Cuando
estaciona frente a uno de los monoblocks ella le ofrece tími-
damente que baje, y ahora él, desde la puerta, mientras ella
se disculpa por el desorden y busca el libro en una biblioteca
de caña, siente que vuelve por un instante a su propio pasado
estudiantil, a su propio cuarto caótico, y que podría saberlo
todo sobre ella si sólo dejara fijar la mirada en cada detalle.
La chica regresa con el libro y se lo extiende. Él pasa un dedo
por los caracteres dorados de la tapa y siente el peso al girarlo

para mirar el lomo. Se da cuenta de que es la primera vez que tiene el libro en sus manos.

—Es la edición común —dice ella, como si fuera algo de lo que ya le había advertido antes, pero aun así temiera que el libro lo decepcionara.

—Es absolutamente perfecto —dice el hombre—: el ejemplar milagroso es un ejemplar común de la edición común.

El hombre sube las escalinatas del hospital; en cada peldaño impar las monedas suenan en su bolsillo. Cruza un patio y busca en el laberinto de pabellones la sala de su hija. Una enfermera que conoce lo intercepta en el pasillo antes de que abra la puerta y le pone una mano sobre el brazo. Su hija, le dice, fue llevada al quirófano: van a operarla por segunda vez, su esposa lo está esperando allí. El hombre camina hasta el final de una galería y sube otro tramo de escalones, unos escalones desgastados de mármol, con los bordes dentados, que desembocan en la salita de espera. Su esposa se levanta de su silla y lo abraza. Al separarse él ve en su cara las huellas de las lágrimas.

—Acaba de entrar —le dice—. Está detrás de esa puerta. No saben qué tiene. La van a operar otra vez pero no pudieron decirme qué tiene. —Fija la mirada extraviada en el libro que el hombre aún tiene en su mano y cuando él se lo extiende lo lleva por un momento contra el pecho—. Lo encontraste, entonces.

—No es el tuyo —dice el hombre—. Volví a buscarlo y no estaba. Es uno que me prestaron.

—¿Y las monedas? ¿Te acordaste de las monedas?

Están solos en la sala de espera. El hombre saca del bolsillo las tres monedas y se las alcanza. La mujer se refugia con el libro en el primero de los escalones. Él se da vuelta hacia la hilera de sillas vacías: no quiere verla así, inclinada otra vez sobre el libro como si fuera un dios oscuro y terrible, como si el pasado, intacto, retornara. Pero su hijo y su hija, piensa, son sucesos independientes. Escucha el repiqueteo de las monedas arrojadas sobre el mármol. Una, dos, tres veces. Cuatro. Cinco. Seis. Las seis tiradas que determinan el número del hexagrama. Alza la cabeza sin poder evitarlo y mira, aterrado, la mano que abre el libro infalible en una de las páginas.

Tino Pertierra

(1964)

Nacido en Gijón, donde vive, Tino Pertierra es autor de los libros de cuentos *Los seres heridos* (Editorial Nobel, Gijón, 1996), del que está extraído «Mírame a los ojos», *El dios de las tristezas amorosas* (2007) y *Cuerpo a cuerpo* (2008), así como de las novelas *¿Acaso mentías cuando dijiste que me amabas?* (1997), *Toda la verdad sobre las mentiras de los hombres* (1999), *El secreto de las mujeres prohibidas* (2007) y *El asesino ausente.* (2009). A ellas se añaden *Jesse James estudió aquí* (1998), *El secreto de Sara* (1996) y *Románticos.com* (2002), novelas concebidas para el lector juvenil, los conjuntos de artículos *Pasión de cine* (1999) y *Náufragos del diario* (2009), más los libros de viajes *Un viaje al Paraíso* (1997) y *Rasgos* (2001).

Mírame a los ojos

Compré todas las papeletas para mi feliz destrucción al dar vida a Luis Enrique. No es sencillo ni prudente regresar al pasado, pero estoy obligada a hacerlo para dejar pruebas a mis amigos y espectadores de que la locura a veces no está reñida con la lucidez. Mi renqueante sentido de la posteridad me empuja a dar explicaciones. Qué ironía: yo, la mujer arisca y ultraindependiente que siempre presumió de tener más enemigos que nadie, intenta ahora, en los últimos latidos de su vida, desvelar misterios y secretos a los que nadie debería tener acceso. Estoy condenada a ocupar una nota a pie de página en los libros sobre la televisión o, como mucho, a vivir enjaulada en un paréntesis como la autora que reunió a más de 10 millones de espectadores ante la pantalla para ver «Mírame a los ojos», mi obra cumbre. Espero que esta confesión obligue a los futuros autores a concederme unas líneas más que digan, por ejemplo: «Cristina Cortés se adueñó del destino de uno de sus personajes enfermizos y murió de amor por alguien que jamás existió».

Dejémonos de preámbulos onanistas y pasemos a contar mi divertida y trágica historia. Mi primer contacto con Luis Enrique se remonta a una mañana de diciembre, gélida y lluviosa, que me encadenaba a reflexiones nostálgicas que tanto daño hacían a mi familiar depresión invernal. Desde que Alberto murió (olvídenlo: no les hablaré de él), siete años atrás, el frío y la lluvia actuaban de torpedos contra mi línea de flotación. Consciente de los peligros que acechaban a mi frágil moral si permanecía en casa, decidí huir al café Miguel, un rincón perfecto para contemplar el paso de gentes atadas a historias que mi imaginación podía liberar sin esfuerzo. Hacía mucho tiempo que no recurría a esa modalidad de pasatiempos rumiantes para alejar los fantasmas del pasado, pero en aquel momento era la ocupación más aconsejable para no dañar aún más mi estado de ánimo. Me sentía vencida por un deseo de absoluta soledad, sin diversiones que llevaran emparejado el contacto humano. En el café tenía a mi disposición una mesa semiescondida —pequeños privilegios de ocupar pequeños espacios en los pequeños suplementos de televisión de pequeños periódicos— junto a una columna disuasoria y un ventanal camuflado por gruesos y desteñidos cortinajes rojos. Desde allí podía lanzar mis avanzadillas de curiosidad hacia el resto de parroquianos con una impunidad tan obscena como sabrosa. No arruinaré el tiempo dibujando a quienes ocupaban en ese momento el local, porque el costumbrismo no tiene derecho a participar en esta apresurada confesión. Lo único importante es que mi destemplada mirada se deslizó sobre la barra y se detuvo, tras sortear a una estudiante cargada de libros y a un ejecutivo con teléfono al cinto, en un náufrago de periódico y café. Describirlo es un riesgo y una temeridad. Riesgo porque, si no alcanzo la meta de traducir en palabras lo que irradiaba desde su silencio, no puedo pretender que alguien me entienda. Y temeridad porque todo mi oficio de experimentada guionista es insuficiente para cincelar las sensaciones que me produjo en ese momento. De ahí que sólo me atreva, cobarde de mí, a apuntar algunos detalles a modo de pistas para la imaginación: un cabello muy corto y muy rubio; un rostro aniñado e invadido por una expresión algo temerosa, quizá expectante;

un cuerpo alto y esbelto, cubierto por unos pantalones de cuero negro que hacían resaltar unos muslos musculosos, y un grueso jersey de lana roja. Lo que imantó mi atención no fue su belleza descuidada, puesto que en el café había dos o tres hombres tan atractivos o más que él. No tengo reparos en reconocer mi arbitrariedad: la pasión se sirve de extraños métodos para conseguir sus propósitos. Aquel hombre tenía algo indefinible que lo diferenciaba de los demás. Lo hacía único. Quizá fuera la confortable serenidad que se desprendía de sus breves gestos al pasar las páginas o coger y dejar la taza de café. Quizá fuera la sonrisa desvaída que regaló al camarero cuando éste le puso un vaso de agua con hielo. Quizá fuera la manera tajante y al mismo tiempo amistosa de alzar la diestra para saludar a un conocido que abandonó el café. Quizá. Quizá. Quizá. Qué horrible palabra, siempre en boca de los pusilánimes. Lo único cierto es que me enganchó y me dije: «Me iría con él, olvidaría que soy una escritora y no tomaría notas mentalmente de cada uno de sus gestos para luego llevados a una página en blanco». Esa renuncia es el mayor desprecio que una creadora puede hacerse a sí misma. Y aquel desconocido, ventilador de deseos y curiosidades y misterios, me empujaba a pensado. Soy consciente de que al hacer esta descarnada afirmación corro el peligro de alimentar la ironía ajena y de pedir a gritos una buena carcajada, pero la verdad es un lujo que ahora está a mi alcance. No sé con exactitud cuánto tiempo estuvo allí sentado, porque jamás he llevado reloj. Quizá una hora. Se tomó —nos tomamos— otro café, leyó y releyó el periódico y, cada dos por tres, miraba la hora y echaba un vistazo a la puerta. Supuse que era víctima de un plantón inesperado. ¿Profesional o sentimental? La respuesta no me importaba demasiado. Descarté la idea de acercarme a él para iniciar una conversación del modo más inapelable posible:

—Hola, soy Cristina Cortés, la escritora. He visto cómo mirabas la puerta y...

La posibilidad de que el desconocido me etiquetara como una seductora errante me contuvo. Lo más probable es que no supiera quién era Cristina Cortés. Dudo que jamás hubiera visto alguna de mis obras televisivas. Mi escaso atractivo físico, por otra parte, me arrebataba la posibilidad de hechizarlo con una mirada o un gesto irresistible. Me conformé, pues, con estudiarlo para escribir mentalmente una descripción pormenorizada y bastante aséptica, aunque sin desdeñar detalles imaginados como el color y calor de su ropa interior o la suavidad de su piel recóndita. Incluso, dominada por una impetuosa actividad investigadora, opté por un nombre de trabajo: Luis Enrique.

Mientras él leía el horóscopo, mi sequía creativa llegaba a su fin tras ocho devastadores meses. Acumulé servilletas de papel casi transparente y comencé a garabatear una historia. La crónica de una espera, un hombre aguarda en un bar solitario junto a una carretera agonizante, con un pasado triste de desamor. Cuando mi historia aún estaba en fase de alumbramiento, Luis Enrique recogió su carpeta, se desprendió de un explícito suspiro de fastidio y decepción, y abandonó el local. No lo seguí, naturalmente, porque para mí ya no era más que un cuerpo vacío, el envoltorio de una golosina cuyo interior yacía en mi mente. Después de ese día, Luis Enrique comenzó a vivir en mi imaginación, se hizo un hueco en mi memoria y logró llevar a mi vida el entusiasmo perdido por una tarea fascinante y lasciva, la tarea de una escritora devorada por su propia imaginación. Los primeros folios surgieron con dificultad: la máquina de escribir se había vuelto caprichosa durante mi ausencia y sus teclas se enemistaban en mis dedos para obstaculizar una y otra vez la huida de las palabras. Tampoco tenía muy claro qué hacer con mis confusos embriones literarios, lo que me convertía en blanco fácil para la autocomplacencia. Luis Enrique, impertinente. Luis Enrique, saliva dulce y sonrisas de fuego a la luz de una vela moribunda. Luis Enrique, desnudo. Luis Enrique, dormido. Luis Enrique, en una piscina atravesada por luces temblorosas. Imágenes indecisas, incoherentes, puntadas enloquecidas sin un patrón que seguir. La razón la descubrí pronto. Luis Enrique era una cáscara vacía, sin emociones que valiera la pena retener. Recurrí a mi archivo personal. Como una doctora Frankenstein de los sentimientos, empecé a arrancar pedazos a los recuerdos de los hombres que había amado, y los cosí sin contemplaciones al cuerpo de Luis Enrique. La dulzura crispada de Chus. La lúcida sencillez de Carlos. La impertinente ironía de Ricardo. La hiriente sensibilidad de Valeriano. La cauta lujuria de Paco y la firmeza contagiosa de Roberto. Una mezcla muy estudiada y por tanto astuta que convirtió a Luis Enrique en el hombre perfecto para Cristina Cortés. A partir de ahí, no tuve problemas en coger el hilo para tejer mi historia, a la que puse un título contundente: «Rastros de amor».

¿Cómo podía una mujer tan insignificante como Sofía desdeñar el amor total y desinteresado de Luis Enrique? Esa infeliz, pintora de tres al cuarto sin oficio ni beneficio, autora de cuadros incomprensibles por torpeza que no por inspiración, ¿cómo podía tener la desfachatez de ignorar a alguien como Luis Enrique? y él, ¿cómo no abría los ojos y comprendía que estaba desperdiciando el tiempo con semejante muermo? ¿Por qué, en cambio, no prestaba atención a esa discreta y emocionante actriz novata con la que mantenía intensas conversaciones/confesiones, sin darse cuenta de que la pobre muchacha le amaba con la dolorida convicción de los que nada esperan? Lo sé, no es una historia muy original, pero yo nunca he escrito nada original. El mundo exterior, confuso y mezquino, desapareció y de mi máquina de escribir comenzaron a escapar folios de una manera febril. No les prestaba mucha atención, porque mi mente estaba absorta en dar salida al torrente de ideas que se agolpaban en mi imaginación desquiciada. Mi pasión por Luis Enrique se hizo pronto obsesiva.

La pintora de tercera categoría se me fue de las manos y decidió ver en Luis Enrique lo que antes le resultaba indiferente. Accedió a irse con él a la cama, pero antes de que alcanzase a consumar sus propósitos pude recuperar las riendas de aquella montura desbocada y dispuse una sorpresa: al ser abrazado por la pintora, mi protagonista comprendió que sus sentimientos se alimentaban de errores y a su mente llegó el rostro siempre paciente y comprensivo de su amiga actriz. Luis Enrique dejó plantada a la sorprendida pintora y se fue a casa de la actriz, sin saber que la enamorada le había seguido y había presenciado cómo entraba en casa de su rival. Hundida en la miseria, había decidido suicidarse. Luis Enrique la encontró tendida sobre la cama, desnuda, con las venas cortadas y un papel a modo de pañuelo de despedida sobre su pecho: «Perdóname». Semejante cúmulo de despropósitos, totalmente ajenos a lo que yo solía escribir en mis buenos tiempos, sólo tenían una explicación: había decidido introducirme en la historia. Estaba harta de mezclar a Luis Enrique con otras mujeres, cuando yo, la dueña de ese paraíso tan real como ficticio, estaba disponible Y con todos los ases en mi mano. La razón por la que decidí pasar de creadora a protagonista no la tuve muy clara en un principio, pero pronto llegué a una conclusión que me dejó desconcertada, avergonzada y asustada: me había enamorado de Luis Enrique. Sé que la burla es el precio que debo pagar por hacer esta confesión, pero lo pago gustosa porque así me libero de una angustia ya insoportable. Me había enamorado de Luis Enrique, sí, del inexistente Luis Enrique, dueño de un cuerpo ajeno y de unos sentimientos robados a quienes robaron los míos. Mi desinterés por el mundo real, nacido durante mi infancia, desarrollado en mi adolescencia y confirmado por mi madurez, encontraba así un refugio digno y confortable. Me encontraba en la envidiable posición de abusar de Luis Enrique sin pagar por ello con remordimientos. Podía hacer con él lo que me apeteciera porque sus sentimientos me pertenecían. Esa posesión, dominada por un soportable sabor a fracaso, me permitía llenar de placeres mi última renuncia. La memoria comenzó a desprenderse de sentimientos rotos, tristezas acumuladas y dolores mal cicatrizados. Toda la suciedad que arrastra consigo el amor se desvanecía y mis recuerdos adquirían ese brillo insólito que provoca la imperiosa necesidad de renacer. El guión se desintegró, porque sería absurdo calificar como tal lo que vino a continuación: torrentes de folios escritos sin descanso y sin correcciones sobre mi relación con Luis Enrique. Comencé a pagar las consecuencias de haber abierto las espitas de la imaginación. Ayudé a Luis Enrique a superar el trauma que le produjo la muerte de su amiga y lo convertí en centro de mis atenciones. Con él visité el mundo entero, vivimos las más peligrosas aventuras y protagonizamos los más perfectos momentos de amor que jamás hayan existido. Agotada la munición pasional, no dudé en pasarme a la ciencia ficción, y el guión nos permitió construir una máquina del tiempo con la que viajamos a la tierra de los faraones, a la época de las cavernas, a la batalla de Waterloo, al oeste americano y los barcos de bucaneros. Expolié la literatura, el cine y la historia, y mi máquina de escribir escupió cientos de peripecias desequilibradas que iban llenando de papeles el suelo del despacho hasta límites asfixiantes, Mis amigos me dieron por definitivamente perdida y optaron por dejarme abandonada a mi suerte, ofendidos porque sólo encontraban a una mujer obsesionada con mirar el reloj de pared para dar a entender que las visitas eran una molestia y un obstáculo.

La vida se redujo a escribir, comer, escribir, dormir, escribir. Vivir con Luis Enrique en un mundo transparente y esplendoroso que hacía cada día más atractivo me impedía sentir remordimientos por haberme convertido en una hosca ermitaña. Mis necesidades eran mínimas, y, por tanto, me sentía invulnerable. Mi asistenta, la mujer más silenciosa que jamás he conocido, se convirtió en mi único punto de contacto con el exterior. Me alimentaba, limpiaba la casa (salvo mi despacho) e impedía que el timbre del teléfono sonara más de dos veces. Le subí el sueldo cuantas veces me pidió, y fueron muchas. Al acabarse mis reservas económicas, comenzó a cobrar en especies: muebles, joyas, vajillas, cuadros, ropa, libros. Cuando la casa quedó prácticamente desnuda, salvo una cama, la mesa del despacho, una silla y la máquina de escribir, se fue. Incorporé a mi vida una fastidiosa rutina: cada quince días me acercaba a un supermercado cercano para aprovisionarme de comida enlatada. No tuve reparos en telefonear a mi padre, con el que no hablaba desde que abandonó a mi madre en plena ebullición de su cáncer de útero, para pedirle ayuda. Comenzaron a llegarme escuálidos pero sabrosos giros postales. Con ellos garanticé la alimentación, la luz, el agua, el papel y los gastos de comunidad. No necesitaba teléfono, ni gas, ni transporte. Es curioso: qué fácil es sobrevivir cuando sólo sobrevive el cerebro. Al llegar a los 10.000 folios, mi agente se presentó en mi casa dispuesta a comprobar si, loca o no, una de sus autoras más generosas escribía. La llevé al despacho y dejé que se enfrentara al espectáculo de un suelo cubierto por una capa de papeles escritos a máquina. Cogió uno al azar. Leyó unos segundos, chasqueó la lengua, me lo tendió.

Leí: «Luis Enrique inte;tp cotear peru nadie que hiviekñlaa inten tadipom mirñar mnrla se jhv9 jhnñr e a. dodhe Gicty norcxj.rnc kjfyjadbs».

—¿Qué es esto, Cristina?

—Mi último guión.

—¿Escrito en qué idioma?

Me encogí de hombros.

—Me he pasado un poco de revoluciones, simplemente —dije, con una inocente sonrisa de disculpa.

Nunca más he vuelto a ver a mi agente. En aquellos momentos no me importó. No deseaba que mi historia se filmase para solaz de espectadores impertinentes. Me sentía protagonista de algo distinto, de algo quizá único en los anales del exhibicionismo televisivo: escribir para una misma, crear un ser de la nada y amado hasta el fin de los tiempos, separados la autora y su criatura tan sólo por la quebradiza Y sin duda falsa frontera de la realidad. Han transcurrido casi cinco años desde que mi agente cerró la última puerta. Luis Enrique y yo nos seguimos amando. Mi casa se ha descompuesto poco a poco y un leve manto de agonía se ha escondido en sus esquinas. Hace un par de años mi padre murió y, por razones que ignoro y que no me interesan, me dejó una suculenta herencia. Solucionados ya mis problemas de intendencia para siempre, me decidí a hacer más cómodo mi deambular por la imaginación. Compré un ordenador pluscuamperfecto al que no le falta ni hablar. Me ha dado la felicidad absoluta. Escribo una historia con Luis Enrique y después la borro con una simple pulsación. ¿Se puede pedir más al progreso que el dominio implacable de los recuerdos? Sé que tendré una pequeña y compasiva necrológica en los periódicos. Quizás concluya afirmando que me volví loca sin motivos aparentes. Esta confesión podrá corroborado o desmentido. Ya no importa. La inicié para aclarar algunas cosas y temo que las haya oscurecido aún más. Estoy enferma y algo me dice que no me quedan muchas historias que compartir con Luis Enrique. Al menos, en este lado de la vida. La respiración se ha vuelto mi enemiga y, a veces, me obliga a jadear en busca de aire palpitante. Me siento cada vez peor. Mis bronquios, descuartizados por una vida de malos humos, se niegan a seguir con sus funciones. Qué más da, ¿verdad, Luis Enrique? Esta noche no habrá aventura, ni largas discusiones literarias, ni sencillas veladas al calor de una hoguera en alguna playa distante. No. Esta noche daré rienda suelta a mi sentimentalismo más indecoroso. Recorreremos el Danubio en una barcaza cubierta de rosas blancas que harán juego con tu camisa de seda. Tus ojos se emborracharán con la luz malherida que palpitará en las orillas salpicadas de casas solitarias y me dirás: «Voy a comerte a besos...».

Ah, qué maravilla, poder dejarse atrapar por la cursilería junto a mi mentira más hermosa sin miedo a las garras de los críticos. Te desangras de impaciencia. Lo sé. Ya veo ese brillo de picardía en tus ojos que delata tus deseos y anuncia mis necesidades. No vayas tan deprisa. Deja que me despida de mis últimos y regocijados lectores, demasiado vulgares para comprendemos, demasiado cobardes para imitarnos. Os compadezco.

Juan Bonilla

(1966)

Juan Bonilla, nacido en Jerez de la Frontera, ha vivido en Barcelona, Madrid, Roma, Londres y Sevilla. Recopiló su poesía en el volumen *Hecho en falta* (2014), y es autor de las novelas *Yo soy, yo eres, yo es* (1995), *Nadie conoce a nadie* (1996), *Cansados de estar muertos* (1998), *Los príncipes nubios* (2003) y *Prohibido entrar sin pantalones* (2013). Además, ha publicado los libros de cuentos *El que apaga la luz* (1994), *La compañía de los solitarios* (1999), *La noche del Skylab* (2000), *El estadio de mármol* (2005), *Tanta gente sola* (Editorial Seix Barral, Barcelona, 2009), del que se ha extraído «Metaliteratura», y *Una manada de ñus* (2013).

Metaliteratura

Desde el día en que, en el Instituto, leí ese relato de Borges en el que se narra el encuentro del joven que fue con el viejo que será a la orilla de un río, y en el que el viejo le revela al joven muchas cosas acerca de lo que le espera en lo que para él ya es pasado aunque aún no haya acontecido para el otro, tuve la firme intención de plasmarlo en la realidad de alguna manera. Era una vocación mía ésta de tratar de traducir las ficciones que me conmocionaban en hechos reales. Tendría que haber ido al psicoanalista para averiguar de dónde procedía esa fijación. ¿Qué quiero decir con plasmarlo en la realidad de alguna manera? No, naturalmente, que anhelara encontrarme en algún pasillo de hospital, cola de aeropuerto o paso de cebra al anciano que, si todo va bien, llevará mi nombre y cargará no sólo con mi pasado sino también con mi futuro: no sé si es imposible que un joven se reconozca en un viejo, por mucho que éste aparente saberlo todo acerca de él, pero sí sé que no era ese el tipo de encuentro que pensaba patrocinar para convertir en realidad el cuento de Borges. Quería más bien idear algún tipo de experimento que me permitiera observar las reacciones de un joven sometido a la experiencia narrada en el relato de Borges. Es bien cierto que nunca antes de entonces me había pasado nada parecido con ningún texto de ficción

—aunque después, como ya he apuntado, el deseo de poner en práctica un experimento mediante el cual lo narrado fuese de alguna forma vivido se volvió a repetir a menudo (en cualquier caso, la experiencia narrada por un autor cualquiera la tendría que soportar alguien que no fuese yo, para mis experimentos eran indispensables los conejillos de indias). Incluso se me ocurrió que podría montar una empresa que ofreciese experiencias reales de ficciones literarias a sus clientes. Una nueva forma de hacer turismo. ¿Quiere saber qué se siente despertándose una mañana, después de un sueño intranquilo, convertido en un escarabajo? ¿Quiere saber cómo arde un cuerpo de hombre maduro por culpa del deseo que le brota al contemplar a una mocosa sensual de 12 años? ¿Quiere conocer, de verdad, los laberintos de densas paredes de la venganza embarcándose en pos de una maldita ballena blanca? Cualquiera, lo sé, que confiase más que yo en el poder de la ficción me respondería que para saber lo que se siente despertando una mañana, tras un sueño intranquilo, convertido en un escarabajo, bastaba con leer con cierta atención y tendencia a la empatía el relato de Kafka, como bastaba saber cómo arde un cuerpo de deseo por una mocosa con leer *Lolita*. Pero si se me ocurrió la posibilidad de crear esa empresa —sin tener idea clara de cómo podría llevarla a cabo, si iba a tener que recurrir a drogas o a grandes elencos de actores (imaginar los costes de producción para hacer sentir a alguien que era el Capitán Ahab le quitaban a uno las ganas de fundar la empresa)— era precisamente porque desconfiaba ciegamente —si se puede decir así— del poder de la ficción para afectar las realidades de los lectores. Y desconfiaba ciegamente porque ya había leído *La metamorfosis* sin sentirme un escarabajo, había leído *Lolita* sin que me estrangulara el deseo por las nínfulas, había leído *Moby Dick* sin alcanzar otra convicción que la de considerar al Capitán Ahab un pobre idiota. Había leído otras grandes obras maestras de la ficción sin alcanzar a sentir nunca lo que sus protagonistas sentían. Me había torturado con *Crimen y castigo* tratando de dejarme abrazar por la empatía para sentir el peso aplastante de la culpa que sometía al protagonista de la novela, sin que me aplastara la culpa, sin que odiara a las viejas que se ganaban la vida con la usura, sin que los pretendientes de mi hermana me pareciesen unos enviados del cielo para subrayar mi condición de culpable, sin que fuera a buscar a ninguna puta para que me salvara de mí mismo. Desconfiaba de la literatura desde aquel hermoso día de mi infancia en que me fue dado leer un texto de Claudio Eliano —venía en una antología para niños sobre animales— en el que el autor latino describía cómo había que proceder para que una mosca resucitase si moría ahogada. Este texto me obligó a hacerme algunas preguntas importantes, la primera de las cuales fue: ¿para qué va a querer alguien que una mosca que muere ahogada resucite? La esquivé como pude, y enseguida me propuse verificar el texto de Claudio Eliano. Decía que el latino que hay que sacar la mosca del agua, cubrirla de ceniza y posarla al sol durante un buen rato: al cabo de algún tiempo, la mosca empezará a recobrar la vida, primero estará atontada, no sabrá qué hacer con las alas, moverá cada pata como si no estuviera segura de que son suyas y puede hacer con ellas lo que le parezca, pero en seguida comprenderá que ha vuelto a la vida y saldrá volando. Me entusiasmaba la mera posibilidad de que eso fuera así. Me dediqué a cazar moscas durante toda una mañana festiva. Nunca he sido bueno cazando moscas, lo reconozco. Aquella mañana, la primera que cacé quedó inservible: había muerto por aplastamiento, y supuse que ahogarla después de haberla reventado contra la pared no iba a servir para validar en ella el texto de Eliano. Empecé a desesperarme porque, a pesar de haber derramado azúcar en el suelo de mi habitación, las moscas que acudían eran bólidos contra los que poco podía hacer mi lenta mano. Me dije que quizá si lograba atontar a alguna de ellas con un poco de insecticida que no llegara a matarlas, podría cazar a una y luego echarla al agua. La mosca moriría a medias por envenenamiento y a medias por ahogamiento, pero quizá con ella sí valdría lo de cubrirla de ceniza y posarla al sol. El chorro de insecticida que lancé a un par de moscas que volaban por mi cuarto pulverizó a una de ellas, y a la otra la hizo huir no sé dónde. Por fin cacé a una mosca viva: la sentí en el interior de mi mano cerrada. Había preparado un barreño con agua en el cuarto de baño, y allá me fui. Tuve un momento de duda: si estaba viva y la tiraba al agua tal vez tuviera tiempo de reaccionar antes de que su cuerpo entrara en contacto con el agua y se escapara, así que sumergí la mano cerrada en el agua y sólo entonces la abrí: enseguida subió a la superficie el cuerpo negro de la mosca, que sí, estaba viva, y luchó desesperadamente por seguir viva, pero nada podía hacer por mover sus alas mojadas. Murió. La dejé un buen rato en el agua para cerciorarme de que no estaba tratando de engañarme, de que flotaba haciéndose la muerta. Por fortuna para mi experimento y desgracia para sus pulmones mi padre era fumador compulsivo: tres paquetes diarios. Era fácil encontrar un cenicero atestado en mi casa, y sin embargo debía haber habido limpieza aquella mañana porque no di con ninguno. Todo sea por Claudio Eliano, me dije. Sabía dónde mi madre guardaba una cajetilla de cigarrillos —pues ella de vez en cuando se echaba también un pitillo— y cogí dos o tres que me fumé sin darle mayor importancia al mareo que me producía fumar tan aprisa. Obtuve la ceniza suficiente como para cubrir a la mosca y trasladé el cadáver a una baldosa de mi habitación donde pegaba el sol. Deposité el cadáver en aquel cuadrado, lo cubrí cuidadosamente de ceniza, y me senté a esperar y a que se me pasara el mareo producido por los cigarrillos. Recomiendo encendidamente a todos los profesores de literatura de primer ciclo que utilicen este experimento para enseñar bien pronto a sus alumnos cuál es la literatura perniciosa que bajo ningún concepto deben consumir: aquella que miente descaradamente, aquella que se complace en hacernos creer una cosa falsa como si contara con que nosotros no vamos a ponernos a comprobar si lo que nos cuenta es cierto o no. Aquella que se conforma con ser literatura y está incapacitada para ser vida. La mosca no se movió de donde estaba, de su túmulo de ceniza. Eliano era un mentiroso, me había obligado a matar moscas para comprobar sólo que se complacía en tomar el pelo a sus lectores menos precavidos. Su literatura no era vida. Desde aquella primera decepción creo que empecé a buscar en los textos aquello tan extraño y misterioso que sólo sé denominar de una manera insuficiente: lo que merecería ser verdad, aunque no lo haya sido nunca. Empecé a buscar cosas que me gustaría que me pasaran y que para que me pasaran sólo tenía que poner a trabajar mi voluntad. Al fin y al cabo, a pesar de que Eliano me decepcionó, el experimento de las moscas me sirvió para alcanzar a comprender que sólo me servirían los textos que me proporcionasen ideas para construir milagros reales.

El relato de Borges me subyugó no por lo que contaba —ese encuentro de alguien con aquel ser extraño en el que se convertirá muchos años después— o por cómo lo contaba, sino porque me pareció fácil de convertir en realidad, de ser transplantado a la realidad de alguien. Supongo que actué al leerlo como el cineasta que ve en una narración una oportunidad excelente para hacer una película haciéndole los cambios adecuados. Sólo que yo no era cineasta ni tenía intención de hacer una película. Yo sólo quería ver qué pasaría si a alguien real, alguien cercano a mí, le pasara aquello que le pasaba al protagonista del relato de Borges.

Las circunstancias, un poco terribles, me ayudaron a dilucidar quién iba a ser el protagonista de mi experimento. Mi primo Jerzy, de trece años de edad, misteriosamente aquejado tan temprano por una obsesión enfermiza por la muerte que lo atrapaba en sus redes pegajosas en cuanto se apagaban las luces de la casa, dejaba de sonar en el salón el televisor y se imponía el hondo silencio de la noche. Allí, en aquel océano de oscuridad, se encontraba él, despierto, como único vigía del mundo —si no se cuentan a los conductores de los coches que de vez en cuando pasaban por la calle lanzando aullidos de motor y ráfagas de luces de faros que cruzaban vertiginosamente el techo de la alcoba de mi primo, que en esos instantes se sentía menos solo, más aliviado, al comprobar que había gente despierta en el mundo. Sus padres empezaban a impacientarse con el muchacho que apenas les podía corresponder haciéndose más retraído y más frágil. Apenas era capaz de salir, temeroso como era de que alguna de las millones de formas que tiene la muerte de matar, lo cazara. Lo curioso es que no tenía ninguna experiencia de la muerte, nadie se nos había muerto todavía, no habíamos padecido ninguna desgracia familiar en la que Jerzy pudiera amparar su obsesión. Yo iba a verlo a menudo y me ocupaba de él en los descansos del Instituto, en mi papel de primo mayor que más adelante espera cobrarse los servicios prestados, cuando el favorecido por tales servicios se convierta en alguien importante (y todos creíamos que Jerzy era un genio, y que los genios son así, se labran una biografía llena de rarezas desde bien pronto, tienen que pasarlo mal en la infancia y en la adolescencia para alcanzar a expresar algo que nadie había expresado antes con una ecuación, un edificio, un poema). A veces, en el descanso del Instituto, me lo encontraba metido en un tubo de hormigón donde cuidaba de una araña que pasaba por allí, o mirándose las uñas como si fueran espejos que falsean la imagen que se les presenta o, rara vez, después de una noche en blanco, durmiendo. Si lo encontraba durmiendo no lo despertaba, y si se miraba las uñas lo sacaba de allí para que le diese un poco del aire y perdiese el miedo a la intemperie y a los otros. Le invitaba a un pastel que siempre dejaba a la mitad y le recordaba que no debía tener problema alguno en esperarme a la salida para que nos fuésemos juntos, que le contaría los planes que se me habían ocurrido para batir un record mundial, asunto que a él no le interesaba lo más mínimo. Nunca me esperaba. Tenía que tomar el 32 que se alarga hasta la Colina donde vivía, y ese bus sólo pasaba por la parada del Instituto a y media, y yo solía demorarme tonteando con niñas y colegas sin acordarme de que le había dicho a Jerzy que me esperara para que nos fuéramos juntos.

Cuando decidí que el protagonista del experimento, al que llamé con el título del cuento de Borges, «El otro», sería Jerzy, yo ya estaba en el último curso tratando de decidir qué iba a estudiar cuando egresase —dudaba entre dedicarme al Periodismo porque quería estrenar un chaleco con muchos bolsillos que me habían regalado por mi cumpleaños y me gustaba dormirme pensándome delante de una cámara y detrás de unos francotiradores que abaten transeúntes en una ciudad inalcanzable de las afueras de Europa, y dejar de estudiar para dedicarme al maravilloso espectáculo de no hacer nada o ir ganándome la vida con lo que fuera saliendo—, y a él, sus padres lo habían obligado a visitar a un médico que, sin poder encontrar la cerradura que le permitiera adentrarse en los laberintos de su alma, estaba tratando de derribar la puerta que celaba ese lugar a base de pastillas que, si bien lo hacían dormir, lo dejaban con aspecto de boxeador noqueado. En los descansos del Instituto ya no me lo encontraba conversando con la araña del tubo de hormigón, sino apoyado contra una tapia, mirando la pantalla de la realidad como si estuviesen proyectando en ella una película de insolente vanguardismo, nulo argumento, caótico aluvión de imágenes que el espectador ha de coser luego a sus anchas en la pantalla de su memoria para entender algo de lo que ha visto. A mí me parecía un disparate que medicaran al muchacho, porque entendía que lo único que así conseguían era librarlo de sí mismo, de su propia energía silenciosa que, si antes no daba resultados porque era demasiado temprano y estaba en ebullición, ahora no los daría porque había sido anulada. Curiosamente a los padres de Jerzy no les preocupó que las calificaciones de su hijo sufrieran una notable desmejora aquel curso: por lo menos no tenían que aguantarlo por las noches, cuando, aplastado por el miedo de estar solo en el mundo, de ser el único ser vigilante que impedía que el mundo fuese destruido gracias a que mantenía los ojos abiertos cuando todos los demás ya habían sido vencidos por el sueño, emitía señales molestas pidiendo socorro, compartiendo su insomnio y su miedo, señales como (las padecí más de un fin de semana en que me quedé a dormir en su casa) toses ásperas, suspiros prolongados, quejidos de dolor inexistente, sonora respiración acelerada. Pensé que con el experimento de llevar un texto de ficción a su realidad, no sólo iba a fortalecer el texto de ficción —homenajeándolo de esa manera en que muy pocas ficciones consiguen ser homenajeadas, cuando alguien las utiliza de trampolín para que influya en su realidad, para que la afecte de alguna forma— sino que también iba a ayudar a mi primo a que superase —o por lo menos comenzase a hacerlo— su pánico a la muerte, al no saber qué iba a ser de él, a ese terror que le obligaba a pensar que si perdía la conciencia un minuto, ya no iba a poder recobrarla nunca más, se perdería en las avenidas del tiempo para siempre. (No me crean un aficionado al psicoanálisis: ni siquiera descarto, aunque ya nada importa eso, que todas estas explicaciones a lo que le pasaba a Jerzy sean invenciones mías, deducciones en las que me apoyaba para darle más entidad a mi experimento, una entidad terapéutica, como si quisiera, en el fondo, demostrar a alguien que la ficción tenía un poder medicinal muy superior al de las pastillas recetadas por un psiquiatra apresurado: es muy posible que a Jerzy no le ocurriera nada de lo que yo creía que le pasaba, a lo mejor no dormía por otras razones, a lo mejor sólo le tenía miedo a la oscuridad y no pensaba nunca en la desaparición y en la muerte, a lo mejor le gustaba estar solo, le daban miedo los otros o los encontraba aburridos y necios y por eso buscaba alejarse de ellos, a lo mejor se lo pasaba bien así, estando a solas, no teniendo nada que ver con nadie: a lo mejor yo le molestaba con mis indagaciones infructuosas, y por eso nunca me esperó para que nos fuéramos juntos en el 32).

Por decirlo rápido: me inspiraba la seguridad de que con aquel experimento iba a matar dos pájaros de un tiro, pues por una parte iba a satisfacer mi deseo de transformar una ficción en realidad, y por otra esa ficción iba a ser verdaderamente útil para alguien a quien yo quería.

Lo primero era diseñar la estrategia mediante la cual Jerzy iba a encontrarse con el hombre que sería en el futuro. Tenía que contratar a un actor, naturalmente, para eso están. Un actor de sesenta años. Un actor que, en el 32, que casi siempre iba vacío, se sentara a su lado durante el viaje desde la parada del Instituto a la de la Colina en la que vivía. El día ideal sería el del cumpleaños de Jerzy. Un regalo de cumpleaños muy elegante, en mi opinión, pues Jerzy nunca sabría —o sabría muchos, muchos años después de que lo recibiera— quién le había hecho aquel regalo. Me entusiasmaba pensando en que de alguna manera con mi regalo combatiría su miedo a la muerte, pues si había tenido un encuentro nada espectral (aunque conociéndole, seguro que Jerzy hacía lo posible por rebajar su potencia y adjudicarle la propiedad de aquel encuentro real a los vapores de las drogas que le hacían tomar) con el hombre que sería, eso era prueba concluyente de que nada había de temer de la vida, pues tenía que estar seguro de que al menos viviría hasta la edad que tenía aquel hombre extraño en que los años lo convirtieran. Una manera de blindarlo contra las zarpas de la muerte. Podría tirarse en paracaídas, podía arriesgarse lo que quisiera en las curvas cuando se sacara el carné de conducir, podía tomar los aviones que le diese la gana y sonreír cuando el resto del pasaje empezase a persignarse por la violencia de las turbulencias: sería propietario de un maravilloso secreto, sabía que por lo menos hasta los sesenta años viviría, porque se había encontrado con el que sería, y el que sería, un hombre atractivo y elegante, de manos muy cuidadas y voz dulce le había contado algunas cosas importantes acerca de lo que sería su vida. Le contaría por ejemplo que, después de muchas dudas, decidiría estudiar arquitectura para satisfacción de su madre y decepción de su padre —que lo imaginaba vestido de cirujano. Le contaría que en Praga hay un edificio de viviendas firmado por él que ya se estudiaba en las futuras escuelas de Arquitectura de toda Europa. Le contaría que había toda una cohorte de amantes en el pasado —el del hombre— que aún era futuro —el del muchacho. Y una sola mujer de verdad amada que tardaría un poco en llegar, cuando Jerzy ya descreyese de las grandes pasiones que duran para siempre. Preparé un guión minucioso. En la primera parte, el actor tenía que demostrarle al muchacho que ambos eran la misma persona en dos épocas separadas por medio siglo. Así que especifiqué una serie de detalles que de ninguna manera podría conocer alguien que no fuese Jerzy (o que estuviera tan cerca de él como yo). Lo único que lamentaba mientras lo planificaba todo era la imposibilidad de que yo estuviese en aquel autobús presenciando el encuentro entre los dos Jerzy: me tendría que conformar con lo que el actor me contase, y luego con lo que mi primo quisiese confesarme si es que condescendía a confesarme algo de aquel raro encuentro que iba a regalarle.

Como mis posibilidades económicas no eran muchas y lo que podía invertir en el experimento apenas alcanzaría para pagar a un aficionado al que le propusiera el papel de su vida (pensaba en actores retirados, no pensaba, naturalmente, en actores jóvenes disfrazados de ancianos), solicité la colaboración de mi profesor de Literatura. Le hablé de mi experimento. Le confesé que quería presentarle el resultado de mi experimento como trabajo de fin de curso, pero que se me imponían algunos obstáculos insalvables en la realización. El profesor de literatura era o quería ser autor dramático. En la semana cultural del año anterior unos cuantos alumnos estrenamos una obra suya sobre un muchacho que pierde el rumbo y una muchacha que consigue que lo recupere. Se oyó una ovación cuando cayó el telón. Se mostró muy interesado, y se ofreció a ayudarme. Me dijo que hablaría con un amigo suyo, actor en paro —como casi todos los actores de más de sesenta años— al que seguramente le fascinaría interpretar un papel en la vida real. Y titubeó al emplear ese sintagma. Ya se había puesto en marcha mi experimento. El paso siguiente consistió en una reunión con el actor. Me gustó desde el principio por varias razones: porque tenía cara de buena persona, porque tenía una voz dulce, porque no me miraba por encima del hombro y no me trató como un pobre idiota que quiere hacer una buena acción disfrazándola de acto artístico y, sobre todo, porque, no sé por qué, me recordaba a mi primo Jerzy, o por decirlo imprudentemente, me recordaba a lo que mi primo Jerzy sería cuando transcurriesen cincuenta años. El hombre había hecho los deberes antes de acudir a la reunión: instigado por mi profesor de literatura se había leído el cuento de Borges, y lo repasamos juntos, como si la cosa se tratase de hacerle coincidir con mi primo Jerzy a la orilla del Lago Lehman o del Río Charles. Le expliqué el plan de la obra, y la obra mejoró sustanciosamente con sus ideas. Por ejemplo, me dijo, abusando de un adverbio terminado en mente:

—Yo me siento al lado de Jerzy, le felicito por su cumpleaños. Naturalmente estará muy receloso de que un viejo, en vez de ocupar uno de los muchos asientos libres que al parecer habrá en el autobús 32, se siente a su lado: pensará inmediatamente en una vieja marica que quiere cortejarlo (y esto lo dijo como una vieja marica que quisiera cortejarme). Así que para evitar que se espante tan pronto, el primer golpe consistirá en decirle quién soy: o sea, decirle que soy él, le digo un año, un año del futuro, un año dentro de cincuenta años, el mismo día, naturalmente también es mi cumpleaños. Pero eso no es suficiente, eso es muy poco, estará sorprendido, quizá a la expectativa. Pero eso que le está pasando a él, naturalmente ya me pasó a mí, o sea, pertenece a su presente como pertenece a mi recuerdo, yo tengo que recordar que un hombre que dijo ser el que yo sería en el futuro se sentó a mi lado en el autobús, y lo tengo que recordar porque si no lo recordara, naturalmente, nuestro experimento habría sido un fracaso. Y si lo recuerdo, entonces tengo que recordar unos cuantos detalles. Unos detalles que es indispensable que, naturalmente, preparemos con mucha minuciosidad. Por ejemplo, en la próxima parada, le diré, para convencerle de que yo he estado allí, en el lugar que él ocupa, subirá un hombre vestido con un uniforme azul, tal vez de barrendero o de guardia de seguridad, no sé, ya veremos, ya veremos cuáles son nuestras posibilidades. Y por supuesto en la parada siguiente subirá ese hombre. Puedo conseguir al actor que haga ese papel, pero lo más difícil será obtener la complicidad del chofer. Porque lo que yo le puedo decir a Jerzy es: mira, en la próxima parada subirá un hombre con un uniforme azul, y al ir a sentarse se registrará en los bolsillos y se dará cuenta de que no lleva lo que busca, y correrá de nuevo a donde está el chofer, ya el autobús en marcha, y le dirá que pare por favor, que abra las puertas, que se le olvidó algo y tiene que apearse. Y entonces el chofer tendrá un gesto que le honrará, un gesto que tienen muchos choferes pero que no podemos estar seguros de que el chofer de nuestro autobús, naturalmente, vaya a tener, por lo que tendremos que obtener su complicidad: rascará unas monedas del cajón de las monedas y le devolverá al hombre del uniforme el importe que este acababa de pagar para hacer el viaje. Y el hombre de uniforme se apeará del autobús dando las gracias, e imagínate qué cara pondrá Jerzy al comprobar que lo que yo le he contado que iba a pasar, ha pasado exactamente como yo lo recordaba.

Me pareció magnífico. Podíamos preparar dos o tres detalles como ese que había ideado el actor para quebrar la resistencia de Jerzy a creer de veras que aquel hombre que se le había sentado al lado en el autobús era realmente el que él iba a ser dentro de muchos años. Por ejemplo, podría decirle lo que yo iba a regalarle por su cumpleaños (además del experimento, claro). Cuando llegara a casa, mudo, sin recobrarse aún de la impresión, yo le estaría esperando —esa tarde no iría a clase— con una raqueta de tenis (jugábamos todos los fines de semana y siempre se quejaba de que yo le ganaba porque mi raqueta era mejor que la suya). Cuando viera la raqueta quedarían abatidas todas las dudas que todavía conservase acerca de la veracidad de lo que el viejo desconocido que se le había sentado al lado en el autobús le había contado.

Pasé inmediatamente a decirle al actor algunos detalles sobre Jerzy, la disposición de los objetos en su cuarto, el cajón donde atesoraba los comics de Hausmann el Sonámbulo, cuáles eran sus libros favoritos, cuáles las películas que más veces había visto. Y le conté también aquello que yo sabía de Jerzy y que él no sabía que yo sabía: había descubierto su cuaderno de tapas moradas, escondido en un falso fondo del último cajón de su cómoda. Era un cuaderno en el que Jerzy se ejercitaba incansable —y debo decir que con espléndida destreza y dominio del pulso— en el arte de dibujar mujeres desnudas, mujeres fuertes, heroínas espléndidas que a veces tomaban un baño bajo una cascada de aguas furiosas, y otras, alzadas sobre botas de tacón desaconsejable, sacaban brillo a sus músculos en posturas violentas, armadas con algún artefacto peligroso —unos nunchakus, un sable, un bate de béisbol.

El actor resopló. No sé por qué no me gustó que lo hiciera. No podía juzgar por ese cuaderno a Jerzy: todos hemos tenido nuestras obsesiones, aunque no todos tuviéramos la suerte de Jerzy de contar con un talento tan extraordinario para plasmarlas con tanta contundencia como él lo hacía.

Todo se había puesto en marcha pues. El actor era un auténtico profesional. Durante unos cuantos días seguidos se subió al 32 en la parada del Instituto, aunque a horas en las que no podía coincidir con Jerzy, para realizar el viaje, cronometrarlo, saber de cuánto tiempo disponía, cuánto tiempo transcurría entre parada y parada (temía que Jerzy se asustase al principio y se bajase, y pudo comprobar que entre el momento en que él se sentara a su lado, y la siguiente parada en la que podría apearse mi primo, disponía de cuatro minutos y medio, lo que consideraba más que suficiente para sosegarlo y convencerlo de que se quedase sentado a su lado y lo escuchase). También me presentó a su colaborador, el hombre del uniforme azul. Tuvimos una reunión un par de días antes de que por fin se realizara la obra. Yo hice el papel de Jerzy. Me senté en el autobús 32 y esperé. En la primera parada se subió el actor. Se vino hacia el lugar que yo ocupaba en el autobús, junto a la ventanilla (Jerzy no siempre se sentaba en el mismo sitio, pero siempre que podía se sentaba junto a la ventanilla, nunca en uno de esos asientos que dan la espalda al paisaje de los cristales) y después de sentarse me dijo:

—Felicidades, muchacho. Así que cumples los catorce. Qué maravilla. Catorce años ya...

Y siguió hablando, en un monólogo fascinante, que llegó a emocionarme, como si el futuro que estuviese descifrando fuera el mío, como si el que fuese a convertirse en un arquitecto prestigioso fuese yo, como si todas esas bellas amantes me estuvieran esperando en distintos rincones del espacio y el tiempo. Ni siquiera me acordaba de que su monólogo lo había escrito yo. El episodio del hombre del uniforme azul también salió perfecto. Y cuando llegué a la parada de la Colina donde vivía Jerzy, maldije que a nadie se le hubiera ocurrido hacerme a mí el regalo que, gracias a Borges y a mi deseo de transformar en realidad una ficción, yo iba a hacerle a mi primo.

Me resultó muy difícil sujetarme los nervios a la hora en la que, previsiblemente, Jerzy estaría tomando el autobús en la parada del Instituto. No sabía qué hacer con las manos, que me sudaban, no sabía con qué distraerme, trataba de acelerar el segundero del reloj con la mirada, consultándolo cada poco, viéndolo avanzar en la esfera, que es la manera más eficaz de lentificar el tiempo. Llegué a casa de mi primo con mucha antelación al horario previsto, y mi tía quedó sorprendida de aquella visita (no había fiesta de cumpleaños ni nada de eso, y ella ni siquiera había salido todavía a comprarle el regalo que quería hacerle a su hijo, una cazadora de cuero que ya había reservado en una tienda cercana). Me quedé solo en la habitación de Jerzy, tendido sobre su cama, tratando de ser él, tratando de imaginarme la honda angustia de no poder atrapar un ala del sueño para huir a una película guionizada por su subconsciente gracias a la cual superar la muralla de una madrugada lenta, cansada, agotadora. Empezaron a presentárseme, como defendidos por un fiscal puntilloso, los contras de mi plan: darle la seguridad de que viviría tanto tiempo —el actor tenía muy buen aspecto, no era para nada un anciano, sino un hombre maduro con aspecto de galán de cine en un ocaso todavía fértil, y no era difícil imaginárselo acompañado de alguna jovencita que buscara en sus caricias las que no le dio su padre— podía convertirlo en un temerario que le encontrase el gusto a ponerse en riesgo constantemente; saber que tendría éxito en lo que haría podría empujarlo a las audacias más febriles. Por un momento esperé que Jerzy no cayera en la trampa, quedase espantado de lo que le contaba aquel desconocido y huyese antes de saber que sería un arquitecto prestigioso con una biografía salpicada de amantes inspiradas en sus espléndidos dibujos de heroínas. Pero también me planteé la posibilidad de desvelarle en qué había consistido mi regalo. O prestarle el libro de Borges donde encontré el cuento en el que mi experimento se había inspirado para que entendiera que había sido objeto del mismo (y al entenderlo, reduciría al fracaso el experimento). Luego me calmé, me dije que eran los nervios los que me hacían desvariar así, que finalmente la meta del experimento, la meta de la literatura, era ser utilizada para domar las ansias de un sujeto y convertirlo en otro, mejorarlo (uno era adolescente, todavía pensaba en mayúsculas gritonas, no podía consentir conformarse con menos), y que eso era lo que había procurado con el experimento, al que el profesor de literatura había bautizado como Metaliteratura, dotando al término de un significado mucho más convincente, para mi gusto, que el que suele tener: la literatura que se utiliza para llegar a un más allá, a una meta real, la que se propone afectar la realidad de alguien.

Una llave se incrustó en la cerradura de la puerta de entrada. Dejé la habitación de Jerzy y corrí al pasillo a encontrarme con mi primo. Su mirada temblaba en un rostro que había palidecido.

—Felicidades, Jerzy —grité dirigiéndome hacia él con la raqueta.

—No te vas a creer lo que me ha pasado —me dijo.

Todo había salido bien. Conforme a mis planes. Lo único que lamentaba es que no fuera yo el único propietario del secreto, que el actor, o el hombre del uniforme o el profesor de literatura también supieran cómo había utilizado una ficción de Borges para trasplantarla a la vida de mi primo. El más peligroso de todos era el profesor de literatura, pues no en vano, al año siguiente le daría clases a Jerzy, y puede que le hiciera leer el cuento de Borges para que mi primo atase cabos y entendiese que había sido objeto de un experimento ideado por mí. Pero para entonces yo ya estaría en la Universidad, no tendría que ocuparme de él en los descansos. Puede también que para entonces, pensé, Jerzy sea de verdad otro, haya conseguido derribar sus fantasmas y duerma bien cada noche, sea un tipo seguro de sí mismo, un tipo que conoce lo que le espera, un tipo que ha visto al hombre en el que va a convertirse.

Nos metimos en su cuarto. Le pregunté qué le había pasado y me lo contó. Me lo contó con pocas palabras. Creo que ha sido un loco, pero ¿cómo sabía tantas cosas de mí?, me preguntaba. Un tipo elegante, de unos sesenta años, se sienta a mi lado en el autobús y yo empiezo a asustarme porque el autobús iba vacío y podía haberse sentado en cualquier otro asiento. Todo conforme a lo previsto. Me felicitó por mi cumpleaños, me dijo que también era el suyo, lo que no era raro puesto que él y yo éramos la misma persona, sólo que con cuarenta y cuatro años de diferencia. Yo lo miré pensando: qué droga ha tomado este tipo. Y él siguió, apenas me miraba, miraba hacia delante, y contaba cosas de mí, cosas que no podía saber, que nadie podía haberle contado, ni siquiera tú, cosas que recordaba. Le pregunté: pero esto qué es, ¿es un sueño mío?, ¿estoy dormido aquí en este asiento de bus y me invento que viene a visitarme el hombre que seré? Puede que sea eso, me dice el hombre, yo al menos lo recuerdo así, porque naturalmente, yo recuerdo muy bien todo esto, y ahora, por ejemplo, en la próxima parada sé que va a entrar un hombre con uniforme azul… Naturalmente. Seguía abusando del naturalmente. Me pregunté si Jerzy, cuando tuviera su edad, también abusaría del adverbio. Le dije a Jerzy que siguiera. Trataba de sujetarme la impresión poniendo cara de no me creo una palabra de lo que me estás contando, déjate de cuentos y mira qué raqueta tan preciosa te he comprado para que no vuelvas a poner como excusa que te gano al tenis porque mi raqueta es mejor que la mía. Siguió contándome, todo conforme a lo previsto. El hombre del uniforme azul, el chofer que le devuelve el dinero cuando se da cuenta de que se ha olvidado de algo y tiene que apearse, las cosas que el actor le tenía que contar, el edificio de Praga, las amantes, la buena salud con la que llegaría a los sesenta, una vida llena de proyectos. Jerzy le preguntó si tendría hijos y el actor titubeó. Cómo no se me había ocurrido pensar en ese punto. En mi guión no se decía nada acerca de los hijos. ¿Cómo lo solventó el actor? Cometió un error, un error garrafal. Dijo, tratando de sonreír, que había cosas que era mejor no desvelar, que era mejor conocer a su hora, cuando aconteciesen. Y pensó que así estaba dándole una buena noticia a Jerzy, pero este pensó justo lo contrario, que había algo terrible en el hecho de que el que sería no fuese capaz de ofrecerle una información tan fácil de dar como la que le estaba pidiendo. ¿Sería incapaz de tener hijos? ¿O peor aún, nacería un hijo que moriría antes que él y llenaría su vida de éxitos con una lágrima negra, con un pozo insondable, con una mancha imposible de quitar, con un dolor inextirpable? Maldije al actor por su incapacidad para improvisar una respuesta sencilla, le hubiera bastado con decir dos, ambas hembras, o tres, dos niños y una niña, o lo que fuera, podía haber dicho lo que fuera, cinco hijos, de dos mujeres distintas, siete hijos, dos naturales y cinco adoptados, lo que fuera. Pero le dio por sonreír, por alargar una sonrisa que imaginaba triste, forzada, una ilustración perfecta para la mala noticia que no era capaz de dar, una mala noticia que Jerzy leyó con nitidez: no tendré hijos, o el hijo que tendré morirá antes que yo, heredará mi pesadumbre, mi insomnio, mis fantasmas y no será capaz de soportarlo, mientras yo diseño palacios en Centroeuropa, elegantes puentes para ciudades envejecidas que quieren renovarse.

¿Será efecto de las pastillas que estoy tomando?, me preguntó. Me lo preguntó alicaído, no tanto perturbado con el encuentro que acababa que tener como vencido por un peso invisible. Tuve la impresión de que mi experimento naufragaba, que en vez de ayudar a mi primo había colaborado para su hundimiento. No temí que se echara a llorar: era como si aceptase que lo que le había pasado era producto de su imaginación, una alucinación inexplicable debida al consumo de pastillas recetadas por el idiota del psiquiatra que lo había tratado. Tenía la boca seca y quería un poco de agua. Mientras llenaba el vaso en la cocina me exigía a mí mismo que encontrara un modo eficaz de espantar la angustia de Jerzy. Podía contarle la verdad. Eso haría. Le diría que no había sido más que un experimento. Una broma si se quiere. Un juego. Eso es, un juego diseñado con buena intención. El tipo no era más que un actor, nada de lo que te ha contado va a pasar, no vas a ser arquitecto prestigioso, o sí, pero estoy casi seguro de que no construirás nada en Praga, y en cuanto a los amantes, muchacho, vas a tener que trabajártelo mucho: esto son las malas noticias, Jerzy, las buenas, son que a lo mejor sí tienes hijos, un equipo de fútbol entero, no tienes que tomarte el silencio del actor a esa pregunta como una mala noticia, porque todo es invención.

Iba dispuesto a confesarle todo esto a mi primo, y entré en su habitación pronunciando su nombre. Pero no estaba allí.

Un puño de sol entraba por el balcón, y me dije: no, no, por favor, no. La brisa hacía que bailaran las cortinas claras. El vaso se me cayó al suelo donde se hizo añicos, grité el nombre de Jerzy dirigiéndome al balcón como si, en caso de que hubiera saltado al vacío, pudiera hacer algo con ese gesto. Jerzy salió del baño y con cara de extrañeza me preguntó: qué te pasa, ¿también tú tienes visiones? Me senté en la cama buscando por el suelo el corazón, que se me había salido del pecho. No, no le diría nada. Dejaría que el experimento siguiese adelante. Ahora empezaba de verdad. Cuajaría cuando Jerzy, solemnemente, en una cena familiar, anunciase a sus padres que había decidido ingresar en la Escuela de Arquitectura. Daría un paso espléndido adelante con su primera, espectacular, novia —una chica rusa, de miembros rotundos y mirada oceánica. Yo iría contemplando esos progresos entusiasmado con mi ocurrencia. Jerzy empezaría a ganarme al tenis y yo le diría que era por la raqueta. Le preguntaría después qué tal le iban las cosas, y me diría que mucho mejor, que dormía bien, que estaba contento, que tenía ganas de viajar, que estaba ahorrando para comprarse una moto. Me diría a mí mismo que lo había salvado, que gracias al cuento de Borges había salvado a mi primo. Y me mentiría a medias. Naturalmente.

Cuando salí de casa de Jerzy aquella tarde me sentía pleno, feliz, orgulloso de mí mismo. Había conseguido traducir el texto de Borges a una realidad particular, nada menos. El profesor de literatura valoraría el experimento con un sobresaliente. Llamé al actor para que me contara, y también se mostró fascinado con la experiencia. Me describió los gestos de, por este orden, pánico, asombro, susceptibilidad y maravilla de mi primo. Sobre todo el último: la cara que tenía cuando el actor decidió dar por concluida su actuación. Era como si le hubiesen inyectado algún elixir milagroso: la alegría le pintaba las facciones. Gracias, fue lo último que le dijo Jerzy al hombre cuando éste se despidió de él. Y el hombre, para acabar su actuación magistral, le dijo: nos veremos de nuevo, claro, pero entonces tú estarás aquí, donde estoy yo, y ahí dónde estarás tú, habrá un joven tan maravilloso como tú que no confía demasiado en él. No sé si me gustó que se atreviera a improvisar aquella defensa del tiempo circular, del eterno retorno, pero daba igual. Hubiera preferido que optase por un: sí, nos veremos más veces, cuando cumplas veinte y te flaqueen los ánimos, cuando cumplas veinticinco y tengas dudas acerca de qué te conviene más, si aceptar un puesto de ayudante en el estudio de un arquitecto cuyo nombre no diré, o asociarte con dos compañeros de la Escuela para montar vuestro propio estudio... Pero daba igual. El actor, exultante, me dijo que contara con él para cualquier otra cosa. Iba a ser difícil encontrar más textos de ficción que pudiera transformar en realidad, pero sería bueno tener en la agenda su número de teléfono. ¿Cómo conseguir que alguien despierte convertido en un escarabajo? ¿Cómo lograr que alguien se obsesione por una ballena blanca? ¿Cómo hacer que algún amigo mate a una vieja prestamista y luego empiece a corroerlo la culpa? Había que conformarse con menos. ¿Tal vez ese cuento de Nabokov en el que un seductor aborda en un tren a una pobre solterona, consigue enamorarla, se apea con ella en una estación que no era la de su destino, la posee, y cuando ella, feliz de haber cazado a un hombre tan elegante, aunque algo mayor, baja a comprar unas viandas para la cena —una cena con la que empezar una nueva vida— el galán hace mutis, corre a la estación, y se monta en el primer tren que pasa para alejarse de allí? Yo tenía una tía solterona, y tenía el número del actor seductor. Podía prepararlo todo para transformar esa ficción en realidad y ver qué pasaba. Pero de momento, me limitaría a gozar del éxito obtenido al transformar una fantasía de Borges en una realidad.

No conversé mucho con Jerzy de aquel encuentro suyo en el autobús 32 en los años siguientes. Cuando trataba de hacerlo, Jerzy apartaba el tema con un gesto de indiferencia. Era como si lamentase su debilidad de aquel día, como si le doliese no haberse guardado la experiencia para sí mismo. Dejamos de frecuentarnos cuando ingresé en la Facultad de Periodismo y sólo coincidíamos en comidas familiares y actos fúnebres —cuando murió el abuelo, cuando murió Tío Fabrizio. Hasta que se estampó con su moto de gran cilindrada —estúpido regalo de su padre para celebrar las impresionantes calificaciones en su primer año en la Escuela de Arquitectura— contra un árbol que pasaba por una avenida mal iluminada en una madrugada ebria. La muchacha que iba agarrada al piloto —había desfilado un par de veces pasando modelos de lencería de una marca vanguardista— murió en el acto. Jerzy estuvo varios días en coma y recobró la conciencia después, los ojos hundidos en un rostro magullado. Apenas se acordaba de nada, apenas reconocía a los que le rodeaban. Yo me acerqué a él y le pregunté: ¿qué tal te encuentras? No me reconoció. Sólo reconocía a su madre, a la que trataba de calmar (me lo contó ella, la noche en que velamos el cadáver de Jerzy) diciéndole: tranquila, madre, tranquila, sé que saldré de esta, sé que voy a vivir por lo menos hasta los sesenta años, sé que voy a construir un bonito edificio en Praga.

Javier Ponce Gambirazio

(1967)

Javier Ponce Gambirazio nació y vive en Lima, y ha residido en otras localidades de Perú, así como en Madrid y Barcelona. Es autor del libro de poesía *Cuatro tazas de café* (1994), del volumen de cuentos *La música que no escuchamos* (1998) y de las novelas *Amapola, imposible ser feliz* (1999), *Un trámite difícil* (2003), *Una vida distinta* (2006) y *El chico que diste por muerto* (2013). Su relato «Desayuno de fe» es inédito.

Desayuno de fe

El jugo en la mañana podrá relajarme pero el ruido de la licuadora me pone mal de los nervios. Para calmarme, preparo una manzanilla pero una pequeña fuga de gas me adormece. Intento despertarme con un café que termina destrozando mi estómago. Devoro una rebanada de pan para calmar el ardor pero la levadura me produce una acidez que no puedo soportar. Me empujo una botella completa de yogurt y tarde descubro que está vencido.

Un indicio de cólera amenaza con secuestrarme y, como ya me conozco cuando estoy en ese estado, respiro profundamente tres veces para recuperar la ecuanimidad. Inhalar, exhalar. Inhalar por la nariz, exhalar por la boca. A la tercera respiración recuerdo que los números impares me traen mala suerte, especialmente el tres. Hago entonces una cuarta respiración y tampoco me tranquilizo. ¿Habrán sido los números pares los de la mala suerte? Un poco tarde para lamentarse por haber abandonado el yoga. El lunes vuelvo, lo prometo. Mejor el martes. Martes ni hablar. Ni te cases, ni te embarques, ni de tu casa te apartes.

Dejo de respirar.

Así está mejor.

O en todo caso, igual.

Decido hacer algo que me relaje como limarme las uñas del pie derecho, porque las del izquierdo me ponen tenso. Cuando estoy a punto de correr por la lima, veo que los restos de la fruta se han podrido en el vaso de la licuadora y esto ha sido aprovechado por la Virgen para hacer una más de sus confusas apariciones.

Con el respeto que se merece, llega en mal momento, señora.

Me mira taciturna. Parece sonreír, pero el ceño fruncido revela su amargura. Quizás está harta de ser sometida a este constante jueguito de aparecer y desaparecer sin dejar nada claro, igual que los extraterrestres. Y como en cada aparición le ponen un nuevo nombre, posiblemente ya no sepa quién es en realidad, ni con cuál de sus versiones sentirse más contenta. Y esa manía suya de cambiar de modelito para cada ocasión, por favor, ni que fuera una estrella del pop. ¿Quién la vestirá, la Inmaculada Confección? La miro detenidamente. Todo indica que estos problemas de identidad le están pasando factura a su otrora bello rostro. Esa legendaria placidez se ha ido.

No es mi problema.

Alguien silba. Miro a la Virgen y no es ella. Vuelve a silbar. Busco al responsable y lo encuentro. Me acerco y advierto que mientras más cerca uno está, más lejos se escucha el silbido. Es el Diablo que se ha materializado en el pan enmohecido. A diferencia de la Virgen, tiene la expresión más amable, será la paz de los ganadores.

La Virgen rompe su mutismo y me insulta. No llora como las demás Vírgenes. Insulta. Dudo de su autenticidad y me vuelve a insultar. De pronto me doy cuenta de que no van dirigidas a mí sus frases hirientes, sino al Diablo a quien envía una serie de improperios que yo me encargo de transmitir. Por alguna razón, el Diablo y la Virgen no se oyen entre sí. Yo soy el nexo.

El Diablo del pan le responde y durante esta traducción simultánea se me mueve el estómago. Imagino que por la fruta, el yogurt y el trajín comunicativo. Como siempre he sido muy correcto, incluso con gente en quien no creo, opto por no dejar a la Virgen hablando sola y resuelvo tomar un té. Hiervo agua y de nuevo el gas me produce somnolencia. Ahora necesito otro café.

Este ir y venir me ha puesto de pésimo humor. Y cuando uno está así, lo mejor que se puede hacer es reventar la vajilla contra la pared. El Diablo y la Virgen me leen la mente y se adelantan. Vuelan platos, tazas, fuentes, vasos y copas. Esquivo la lluvia de añicos y los insto a comportarse. La venerable señora baja la mirada avergonzada. Aprovecho el momento de sumisión y la increpo.

¿Se puede saber qué significa todo esto?

Hemos venido para encargarte una excelsa labor que cambiará a la humanidad. Has sido elegido para dar testimonio de nuestra existencia, canturrea con voz atiplada. Es un momento histórico.

Yo diría, histérico.

Serás el mensajero que además difunda la verdad de mis oscuros dominios, el heraldo abisal que advierta a los hombres acerca de mi sed de castigo, declama el ángel caído.

Se equivocaron conmigo, yo no creo en vírgenes ni en diablos. Bastante tengo con los vivos y con mis propias idioteces, como para tener que lidiar con bichos de otro mundo, no gracias. Además, ¿desde cuándo trabajan en equipo?

Las cosas ya no son como antes. Tenemos que unir fuerzas, se lamenta la Virgen.

Por otro lado, ni siquiera creo que usted sea virgen, no hay más que verle la cara.

¡Insecto iconoclasta!

Gracias por el cumplido, mi virtuosa muñeca de yeso.

¡Más respetos con la enviada! ¿O crees que es fácil el trabajo que hacemos?

Mi trabajo es peor y no me quejo. En todo caso, me alegro que ahora puedan escucharse entre ustedes. Estaba harto de transmitir mensajes ajenos.

Siempre nos pudimos escuchar. Solo tratábamos de involucrarte en nuestro proyecto.

Falsos e inexistentes.

¿Cómo puedes dudar de nuestra existencia si ahora mismo estamos conversando? Insiste el Diablo.

Ustedes han irrumpido en un cuento, esto no es la realidad. Acéptenlo, son personajes de ficción.

¡Eres un escritor fracasado, un perdedor! Y si no certificas nuestro poder, seguiremos boicoteando todo lo que hagas, amenaza el maléfico.

La casta patrona, que no quiere quedarse atrás en provocaciones, refuerza la idea. Y por más intentos que hagas, tu trabajo pasará siempre desapercibido, por los siglos de los siglos.

¿Esperan que diga amen? ¡Por favor! Par de entrometidos. Busquen otro evangelista, conmigo no cuenten. Ya estoy acostumbrado al anonimato. Hubieran preguntado antes a cambio de qué podría haber vendido mi alma al Diablo.

¿Y yo estoy aquí pintada?

Además, no nos interesa tu alma. Sólo queremos que documentes nuestro encuentro y difundas nuestras amenazas a la humanidad.

¡Fuera de mi cuento!

Trato de espantarlos con un matamoscas, pero el furioso Diablo, dueño de un exquisito sentido estético, empieza a desmaterializar los cuadros y se los lleva a sus dominios. La Virgen, quien tiene una imagen de santidad que guardar pero no quiere desaprovechar la oportunidad para lucirse, se lleva los muebles, dizque para los niños pobres. Atónito veo cómo el Diablo carga con las alfombras. La Virgen desaparece mi cama con sus cuatro almohadas. El Diablo prosigue con el saqueo llevándose las lámparas. La Virgen se levanta los enchufes y las cortinas. El Diablo se lleva unos horrendos gatos de cerámica que siempre he odiado y la Virgen toma los jabones, las vitaminas para que no se me caiga el pelo y mis tapones de los oídos para dormir. El Diablo me deja sin ino-doro y la Virgen arranca los espejos. El Diablo se lleva lo que queda del cuarto de baño, incluyendo las toallas, el lavatorio y una balanza que hace tiempo no uso. La Virgen carga con las macetas. El Diablo, con mis libros. Y la Virgen, con toda mi ropa, también para los niños pobres. El Diablo se lleva toda mi colección de muñecos de ventrílocuo y la Virgen dispone de las estanterías y los ceniceros. El Diablo se lleva todos los elec-trodomésticos menos el vaso de la licuadora y la Virgen carga con mis textos inéditos para ver si puede filtrarse de nuevo en alguna historia.

¿Lo has pensado mejor? Me preguntan en coro.

¿Lo han pensado ustedes mejor? Respondo en solitario.

¿Te han dicho que es de mala educación responder con otra pregunta?

¿Luego de lo que he visto, me van a enseñar ustedes nor-mas de etiqueta?

¿Aceptas el trato o no?

¿Sugiere que escriba unas cartitas secretas como cuando apareció usted en Lourdes frente a unas campesinas analfabetas?

¿Qué tuvo eso de malo?

¿Cree usted que alguien va a respetar a un dios que juega a los secretitos y las revelaciones a través de ese medio tan precario?

¿No te parece entonces que contigo hemos mejorado? ¿Por qué crees que escogimos a alguien que supiera al menos leer y escribir?

¿Acaso han leído algo de lo que he publicado?

¿Puedes dejar de evadir una respuesta?

¿Pueden dejar de joder?

Como mantengo mi postura negativa, el frustrado Diablo amenaza con desmaterializarme. La Virgen dice que ni hablar, que a mí me lleva ella. El Diablo le dice que él cantó primero. La Virgen arguye que yo parezco una buena persona y que por lo tanto merezco irme con ella. El Diablo le recuerda que yo la he insultado y que el infierno sería un buen lugar para mí. La Virgen concluye que entonces mejor decida yo con quién me quiero ir.

Imposible. Ni siquiera estoy en condiciones de decidir por cuál de las dos comisuras babear. Cuando un barco se hunde, da lo mismo por cuál de las cubiertas caerás. Si igual jamás pensé que iba a salvarme, que decidan ellos.

Antes de que me hagan desaparecer, me escribo en una servilleta una carta quejándome de lo que ocurre pero nunca la envío porque no quiero enterarme de lo que pienso. Tengo miedo de la reacción que yo mismo pueda tener. Uno nunca sabe. Yo menos.

El Diablo me mira y desmaterializa mis zapatos. La Virgen, mi camisa. El Diablo, mis pantalones y la sacrosantísima señora, sin dudarlo, me deja sin ropa interior. Desnudo pero con el reloj en la muñeca, por alguna razón parece que no pueden desmaterializar seres vivos ni relojes, veo cómo desaparece toda mi casa en manos de no sé cuál de los dos. Al final, nos encontramos los tres, exhaustos, en medio de una hoja en blanco.

Un ave divisa a lo lejos la escena y la sobrevuela. La consagrada madre del Hijo se alegra porque cree que el Espíritu Santo ha mandado refuerzos. Se equivoca. No es más que una de esas palomas dedicadas a cagar monumentos. Se acerca al pan enmohecido y lo comienza a picotear. El Diablo lucha con todo tipo de espantajos, conjuros y maldiciones pero termina en el buche del pájaro.

Por un instante juzgo conveniente fingir que recupero la fe. ¿Cómo era el Dios te salve María? Tampoco hay que exagerar. Me doy la vuelta para festejar con la Virgen el triunfo del bien sobre el mal pero ella está siendo devorada por las hormigas.

Nada qué hacer.

Seco el sudor de mi frente y camino aliviado.

Ignacio Ferrando

(1972)

El asturiano Ignacio Ferrando, nacido en Trubia y residente en Madrid, es autor de las novelas *Un centímetro de mar* (2011), *La oscuridad* (2014) y *Nosotros H* (2015). Además, ha publicado los libros de relatos *Ceremonias de interior* (2006), *Sicilia, invierno* (2009) y *La piel de los extraños* (Editorial Menoscuarto, Palencia, 2012), al que pertenece «Un buen tipo demasiado sentimental».

Un buen tipo demasiado sentimental

Si hacen memoria seguro que me recuerdan. Quizá junto a la Bacall, retozando en *El sueño eterno* o besuqueando a la muñeca Pallandt en *El largo adiós*. Igual me vieron en esa escena en la que voy de puerta en puerta, como un vendedor de biblias, preguntándole a la pelirroja Velma Valente dónde estuvo la noche del crimen. Esperen si no. ¿Les suenan estos trajes azul pólvora?, ¿estas corbatas Chesterfield?, ¿este modo de encender los pitillos con dos dedos, levantando el pulgar, apantallando la llama? No se hagan ilusiones, es todo un espejismo. El verdadero Philip Marlowe —un servidor— tiene poco que ver con ese meticuloso camorrista de saldillo. En realidad, nada que ver. Supongo que el único modo de librarme de este lastre es contarles cómo sucedió todo, confiar en que la verdad apague *su* voz. Al bastardo de Raymond Chandler lo conocí la noche del 14 de diciembre de 1933 en el Honky Tonk de Vultee con Florence. Tras la depresión, con la decimoctava de Volstead campando en las calles, no era fácil encontrar un brebaje digno. A Lee se lo facilitaba un judío canadiense que vivía en la orilla oeste, aunque todos habíamos oído hablar de su alambique en el sótano. A decir verdad, lo de Lee no era más que un dispensario sin ventanas que olía igual que un establo después de una competición hípica. Chandler estaba en una de las butacas centrales, bajo el espejo. Conversaba con Lee. Lo reconocí de inmediato porque era el tipo que hasta hace unos meses había firmado las nóminas en la petrolera. Según tenía entendido, lo habían largado por empinar el codo. Visto así, era el típico cuatroojos de cuarenta y tantos, enclenque y con aires de aristócrata de Long Island. Cuando llegué a la barra, Lee y él hablaban de un relato que él trataba de terminar, *Los muertos jamás sonríen*, o algo así. Pero Chandler, por lo que fuera, no conseguía ponerle punto final.

—… supongo que porque mi vida no es en absoluto interesante —decía resignado.

—Pues como la de cualquiera —respondió Lee frotando el vaso con un paño.

—¿Qué tal, Phil? —preguntó al verme llegar—. ¿Lo de siempre?

—Animal de seis letras —respondí—: M-U-E-R-T-E.

—*Muerte* no es ningún animal.

El cuatroojos me miró de arriba abajo, como si fuera ese degenerado de Huntington Park que va enseñándoles su cosita a las colegialas de Vermont Avenue. Raymond fumaba en cazoleta. Todo, a su alrededor, olía a hebras Pearce.

—¿Quién es el listillo?

Lee nos presentó. No mostré mucho interés porque me dije que sería uno de esos aburridos republicanos que hacían barbacoas y preparaban los mejores cócteles Honolulu de Santa Mónica.

—Marlowe —dije tendiéndole la mano—, Philip Marlowe.

—Philip, claro, seis letras, ¿es eso?

Desde el principio supe que no le entendería jamás. En algún momento, a Lee se le ocurrió que mi pasado podía ser de interés para el cuatroojos.

—¿Tú no naciste en Santa Rosa, Marlowe? Allí sí que tenéis tipos duros.

—¿Duros? Allí esquilamos a las ovejas con serrucho.

A Chandler esto le hizo mucha gracia. Los de Rico acababan de llegar y Lee aprovechó hábilmente para escabullirse, dejándome en la estacada.

—No me creerá —dijo cuando nos quedamos solos, iluminándose—, pero al verlo entrar me ha recordado usted exactamente a Lloyd...

Ray siguió hablando de Franky Lloyd, el protagonista de su última historia, como si a mí —o a alguien en el universo— pudiera interesarme la vida de un fulano que había consagrado su existencia a la cría de truchas en cautividad en el lago Cachuma. Un día, mientras alimentaba a los salmónidos, me dijo, había aparecido la mujer. No una mujer, sino la mujer. Y siguiendo sus pasos, había dejado las truchas y había regresado a la ciudad y trabajaba en un centro comercial de Sunset Boulevard encordando raquetas. Igual se pensaba que soy estúpido. Pero cualquier memo se hubiera dado cuenta de que la biografía de Frank Lloyd no era otra que la suya propia, un calco. Y a mí qué más me daba, pensé, a mí, lo que me importaba de verdad era que el tipo Chandler no dejara de aflojar billetes. Como buen angloirlandés, bebía como los peces del Niágara, sin dejar que los hielos tocaran fondo. Pasamos la noche y, antes de despedirnos, me dio sus señas y me invitó a cenar con su señora la noche siguiente.

Por la mañana, sin embargo, me levanté como si un buldócer hubiera bailado foxtrot sobre mi cabeza. Supongo que el bourbon de Lee, por llamarlo de algún modo, estaba contraindicado para almas sensibles como la mía. Pensé en quedarme en el motel, pero estaba sin blanca y no había probado bocado en todo el día. Así que me animé y cuando Chandler me abrió la puerta parecía fresco como una rosa, vestido con su traje blanco de felpa y su jodido gato irlandés bajo el brazo. El pequeño Ruddy ronroneaba como si acabaran de meterle las agujas de tricotar hasta el esófago por el recto. Cissie Hurlburt, su señora, estaba hecha de otra pasta.

Lo supe enseguida. Le sacaba casi diecisiete otoños. Y por las cremalleras en su cuello y las sienes estiradas se notaba que llevaba varias cirugías marca Geiger a cuestas. Cenamos una repugnante vichysoisse de verduras y un plato de piña con pasas, acompañado con strudle o algo pastoso que se le parecía. Y mientras lo hacíamos, ella no dejaba de mirarme como si acabara de limpiarme el culo con su mantel de ganchillo o pretendiera hurgarme las narices con su cubertería grabada. En un momento dado, el vejestorio Hurlburt me preguntó si tenía estudios y yo le conté, para regodearme, lo de mis años en Corvallis, en Oregón, donde había estado hasta que le zurré una buena a aquel predicador metodista y me echaron de la ciudad. Luego, dije sin darme importancia, había rodado por aquí y por allí hasta llegar a Los Ángeles ocupado en «cuestiones varias». A la vieja no le hizo mucha gracia la historia de mi vida pero, sin embargo, Ray no hacía otra cosa que preguntar por los detalles: que si me había casado por fin, que si me gustó eso de estudiar, que dónde estaba aquel garito de apuestas al que tanto iba... Sólo le faltó interrogarme sobre la talla de mis calzones y eso, créanme, jamás se lo he confesado a ningún hombre. Pero, sobre todo, lo que yo quería era evitar aquel silencio que se formaba cada vez que yo dejaba de hablar. Después de la cena, Cissy recogió y se fue moviendo su culo gordo hacia la cocina. Ray sacó las copas y el bourbon. Apuramos la botella hasta el final, con diligencia, como si tuviéramos prisa en no volvernos a ver.

Después regresé al motel y durante dos o tres años le perdí la pista. De hecho, me hubiera olvidado del cuatroojos si no fuera porque un día, leyendo el diario, me enteré de que se acababa de publicar *El sueño eterno*, un bodrio infecto de buenos y malos en el que yo, Philip Marlowe, era el protagonista. Yo no lo sabía, pero Cissy había sido modelo en Hollywood hacía años y, al parecer, con el dineral que había ganado y con la pasta de un par de infelices, habían comprado aquella casa en Drexel Avenue. Así Chandler se había podido retirar de las truchas y de encordar raquetas, para escribir sus historias. Lo imaginé sobre su máquina mientras Cissy lo atiborraba de strudle apestoso y él lo pasaba con infusiones de bourbon. En resumen, se puede decir que, cuando desaparecí de su vida en 1935, él no consiguió olvidarme. ¡Qué le vamos a hacer!, a veces tengo ese efecto. Y algunos años después llegó la adaptación cinematográfica de *Adiós, muñeca* y *Una pareja de escritores* y me di cuenta de que Chandler me había ido copiando, con su indigencia narrativa, cada una de las palabras que pronuncié aquella noche. Y no es que me molestara morrearme en la pantalla con aquellas hembras tan sexy, que ya las quisiera yo, ni que mi nombre sonara como el de aquel tipo que todas las muñecas querían tener entre las piernas. No, lo mío era mucho más sencillo. No sé si alguna vez, en una fiesta, alguna chica les ha confundido con alguien que no son. En mi caso, el asunto iba mucho más allá. Estábamos en una fiesta en Griffith Avenue.

—Nena —le dije a una flaca pelirroja—, llámame Marlowe, Philip Marlowe.

—Y tú a mí Cleopatra.

La vi alejarse así, sin más, moviendo las caderas de lado a lado hacia la aglomeración de cotorras. Ese día llegué a una conclusión: en aquellos años, el cuatroojos me había robado mi nombre y mi jodida personalidad y, a cambio, yo sólo había conseguido que cada vez que rellenaba una instancia los funcionarios se partieran de risa. Así que un día lo llamé por teléfono para pedirle lo mío y le dije que quería invitarlo a unos tragos. Él dijo que de acuerdo. Donde Lee habían cerrado porque, con el levantamiento de la prohibición, su mejunje ya no lo quería nadie. Así que tuvimos que quedar tres cuadras más abajo, donde un negro monumental, lo que son las cosas, había abierto un garito llamado Zélag. Las ventanas estaban empapeladas de anuncios de boxeo y sólo pasaban algunos rayos de luz, como cuchillos aterrizando en las mesas. Todo el país estaba pendiente de lo que haría el Golpeador Drexler aquella noche. Me senté a esperarlo mientras la camarera se paseaba de arriba abajo como una princesa negra del Bronx.

—¿Qué tal?, ¿qué va a ser? —dijo mostrándome la exuberancia de su abultado escote.

—Anestesia general —respondí.

Ella sonrió acostumbrada a toda suerte de disparates. En estas, llegó Ray. Parecía mucho mayor que el tiempo que había transcurrido desde la última vez que nos habíamos visto. A veces el tiempo tiene una velocidad distinta para las cosas. Para una manzana y para una piedra el tiempo es distinto. Y a Ray le había pasado como a la manzana. Llevaba las mismas gafas de pasta y con aquel sombrero de ala ancha parecía Lucky Luciano de incógnito.

—Dos cafés, gatita.

—¿Expreso? —preguntó ella.

—El mío sí. ¿El tuyo, Ray?

—Crema y azúcar; y un trozo de ese pastel de manzana.

Seguía gustándole el strudle. Bizqueando como un adolescente, vi a la negra perderse tras la barra. Luego miré fijamente a Ray, puse las manos sobre la formica y se lo dije a bocajarro.

—Mira, sé lo que estás haciendo y no me gusta.

—¿El qué? —preguntó fingiendo indiferencia.

—Usar mi nombre. Usar mi apellido sin licencia para tu propio beneficio.

—No hay ninguna ley que lo impida.

—¿Tú crees? —le pregunté—, ¿qué pensaría la gente si supiera quién es Philip Marlowe en realidad? Un tipejo que no sabe ni dónde está la Sorbona. En tu libro dices que sé dónde está la Sorbona. Pues no. No lo sé.

Había algo que a Ray le hacía gracia.

—Y eso qué tiene que ver.

—Conmigo no bromees.

—Mira, Phil, siento haber usado tu nombre. Dicho esto, no tengo más que alegar. Tuve que hacerlo. Necesitaba ponerme en tu pellejo. Los nombres son importantes. No lo dudé. No pensé que hiciera mal usando lo que recordaba de aquella noche.

—Sí, todo eso me parece muy bien —le dije—, pero no soy una dama de la caridad. ¿Sabes por dónde voy?

—¿Pretendes chantajearme?

—Llámalo como quieras.

Entonces le vi sonreír. Más que una sonrisa, era una mueca. Más que una mueca, un mohín. Sí, estaba claro que lo único que conseguiría de Ray es que, con suerte, pagase las consumiciones. No parecía dispuesto a aflojar un centavo. Así que, para intimidarlo y que durmiera la siesta pensando en mí, le dije:

—Que sepas, amigo Ray —y sostuve la mirada y lo señalé como el imbécil de Humphrey Bogart—, que tú y yo algún día tenemos que saldar cuentas. Cuando menos te lo esperes. Los tipos como tú aparecen cada día en las cunetas de Foothill con el cuerpo lleno de corcheas. ¿Has visto en el arcén todas esas tripas despanzurradas?

No debí resultar muy convincente porque Ray se echó a reír mientras sacaba un billete de cien y pagaba lo nuestro. La gatita negra lo cogió al instante, como si fuera a volatilizarse.

—Eres genial, Phil. Lástima no tener aquí mi agenda.

No había manera. Cuando terminamos, Ray apenas había excavado en las ruinas de su strudle. Si en ese instante hubiera tenido media libra de estricnina, no lo habría dudado, eso seguro.

* * *

La tercera vez que vi al cuatroojos Chandler fue en su casa de La Jolla, en la punta norte de San Diego. No hacía tanto, dos, tres años, los periódicos habían dado la noticia de que el Diplodocus del Strudle había muerto. Por entonces yo vivía en un cuarto alquilado en Stone Grapt, un tugurio en Little Tokio. Debía siete meses de alquiler y había desarrollado un séptimo sentido para esquivar a la casera y bajar por la escalera de incendios cuando ella llamaba a la puerta. Si Debby no hubiera sido tan rolliza, digámoslo así, quizá podríamos haber llegado a un buen acuerdo a espaldas de su marido. Pero imposible. Con Debby imposible. La tarde en que sonó el teléfono, ella debía estar a punto de aporrear la puerta.

—¿Cómo vas Marlowe? —Su voz parecía verdadero papel de lija.

—¿Ray?

—Sí, soy yo.

La línea se inundó del zumbido del mar, distante. Luego me preguntó:

—¿Le has salvado la vida alguna vez a alguien?

—¿A qué viene eso? —quise saber. Él hizo una pausa.

—¿Podrías venir a pasar unos días conmigo a San Diego? Será divertido.

Ya saben que Ray nunca bromeaba. Además, en ese momento, Debby empezó a aporrear la puerta con sus modales de cabaretera borracha. «Sé que está ahí —decía—, abra la puerta o llamo ahora mismo a la policía.» La perspectiva de las tumbonas de Point Loma y de las nenas en traje de baño frente a Debby Doscientoskilos acabaron por convencerme. Así que cogí mis bártulos, abrí la ventana de guillotina y bajé descolgándome por la escalera como si fuera Papá Noel escapando de Don Casmurro.

Los autobuses no llegan hasta la zona residencial de La Jolla. De modo que tuve que andar cerca de dos kilómetros, con un sol de justicia y el papelito de la dirección en la mano. Me dieron las seis de la tarde, pero yo ni me enteré. Las calles de la urbanización estaban atiborradas de Cadillacs y RollsRoyce Silver Wraith, de chóferes y de viejos con sus andadores por las aceras. Notaba sus miradas resbalando por mi pechera. Ver a un tipo como yo allí era como descubrir una tarántula en mitad de un helado de vainilla. Las chozas también había que verlas: jardines que parecían Central Park y castillos con más chimeneas que la Muralla China. El cuatroojos vivía al final de la calle, justo frente al mar, en el número siete. Los guiones de Hollywood y los bodrios que escribía lo habían asfaltado de pasta. Maldije la suerte del chupatintas y me dije que parte de todo aquello —la bahía, los jardines, incluso parte del strudle de Cissy—, eran tan suyos como míos.

Imaginé que me abriría la puerta una de esas criadas filipinas que van meneando el plumero, preguntando si el señor desea algo más. Pero Ray no tenía servicio. Él mismo abrió la puerta. Llevaba bermudas y una ridícula camisa hawaiana. Y, aun así, a pesar de su aspecto digamos pintoresco, me asustó lo que vi en sus ojos. La bebida le había sacado las retinas de la cara y su piel parecía un atajo a través del Cañón del Colorado. Para que lo entiendan, si hubiera una palabra entre el fracaso y la nada, sería Ray, Raymond Chandler.

—¿Qué pasa, viejo? ¿Ya no le ofreces una copa a tu amigo?

Entré en la casa sin ser invitado. Casi era mejor a la sombra que por fuera. En el salón había una de esas ventanas panorámicas que dejaban ver toda la bahía de Point Loma. La arena era blanca y el sol daba de lleno, haciendo llorar. Algunos ricachones de Hollywood disfrutaban del baño en su día laborable.

—¿Te gusta el paisaje?

Si alguien me preguntara quién es el tipo más rápido en conseguir una botella de bourbon y dos vasos, diría que ese tipo era Ray.

—Vaya choza. De haberlo sabido, nos hubiéramos hecho socios en aquel tugurio de Lee.

Bebimos hasta que Ray recuperó el pulso, mirando el lento espectáculo de la tarde, recordando aquellos tiempos. Aquel gran ventanal no era muy distinto de los tabiques de mi cuarto en Stone Grapt. En la pensión, cada tarde, podía escuchar el goteo del grifo y las amenazas del chulo y el forcejeo del cabecero contra el enfoscado. En la bahía, sin embargo, apenas si nos llegaba el graznido de algún cormorán. Pero no se engañen, todos vivimos en celdas independientes, unas más grandes y luminosas que otras. Y la de Ray, hay que reconocerlo, era de primera. Aunque la sensación de libertad era tan falsa como la que yo experimentaba en el cuartucho cada tarde mientras me la meneaba mirando al techo.

—Estás hecho un asco —le dije.

—Tú, sin embargo, apenas has cambiado. Te veo igual. Quizá algunas canas, pero por lo demás sigues siendo el mismo. A veces olvido que lo que no existe, no envejece.

No sé qué le pasaba. Estaba raro. Era como si la bofia le hubiera practicado una lobotomía a base de golpes.

—Corta el rollo y sirve.

Disputamos una partida por ver quién terminaba antes la botella. Los muebles de la casa eran horrorosos, muy a lo Palm Springs, de cuerina verde, casi cuadrados.

—¿Recuerdas la última vez que nos vimos? —dijo Ray dejando la botella aparte.

—Recuerdo mejor a la camarera.

—Dijiste que tú y yo teníamos que ajustar cuentas.

Por un momento pensé que al fin había recuperado la cordura e iba a aflojar un anticipo. Quizá los remordimientos, me dije.

—¿A qué te refieres?

—Desde que Cissy murió no soy capaz de escribir nada. No me concentro. Eso es todo. Mira, Phil, necesito que me ayudes.

—Yo ni siquiera sé hervir una chuleta. —Volvió a reír—. ¿Cómo crees que te voy a ayudar a escribir novelas?

—Te necesito cerca. Te veré moverte, actuar, hablar. Sólo eso.

—Ya, ya. Para el carro. No voy a ser tu novio.

—Por supuesto, te pagaré.

—No, no es eso. Digo yo, vamos... que convivir conmigo es como dormir al lado de un tonel de pólvora... muy, muy peligroso.

Raymond se partía de la risa.

—Haremos lo que tú digas.

Yo lo miré a los ojos. Hablaba en serio. Muy en serio. La bahía se extendía a su espalda y más allá la campana de arena blanca. También había un faro que acababa de encender las luces.

—Llama al Pink Ladies. Diles que vas de mi parte y que manden dos o tres conejitas de las que ellos saben, de las finas. Del bourbon, si quieres, me encargo yo —dije hurgándome en los bolsillos—. Bueno, apúntamelo, ya te lo pagaré.

* * *

Lo pasábamos en grande. Ray y yo, por las mañanas, jugábamos al ajedrez o bajábamos a la playa. Observábamos a las nenas jugando con pelotas inmensas como las amazonas del *Playboy* en un mundial de fútbol. A veces nos llegaba su perfume a leche hidratante y a piel tostada, y eso, lo reconozco, me la ponía como una roca. Cada día estaba más seguro de que yo había sido diseñado para navegar en una de aquellas tumbonas por Point Loma. Ray se pasaba las horas apuntando cosas en su libreta, con las gafas de sol puestas. Utilizaba cuartillas amarillas y escribía muy espaciado, como si quisiera meter una palanca entre los renglones o pensara que podía recordar después algo que ya había olvidado.

Un día, en la playa, me dijo:

—Phil, ponte en situación.

Y entonces puso un lindo billete de cincuenta en mi mano como si fuera una cabaretera.

—Lo que tú digas Ray —respondí cerrando los ojos.

—Eres Marlowe, el Marlowe de mis novelas.

Estaba acostumbrado a que me dijera aquello, «eres el Marlowe de mis novelas», como si él fuera el auténtico y yo sólo un mal imitador. Ray creía que me podía hipnotizar y conversar tranquilamente con su personaje. Pero yo era y soy así. El que deformaba la realidad era él. El sol me daba de frente y sentía un hormigueo en la nariz. A pesar de la molestia, hice por ganarme el sueldo.

—Tú dirás.

—Es lunes y estás en tu despacho —continuó—. Es un despacho con mamparas de melamina y botiquín. De repente entra un tipo. Parece que haya corrido la maratón desde Creta. Incluso se olvida de estrecharte la mano y decirte cómo se llama. Es uno de los de Costelo, te dice. Ha fallado en un golpe y los matones del mafioso le siguen los pasos de cerca para liquidarlo. ¿Phil?, ¿me sigues?

—Sí, sí...

En San Diego, cuando el sol te da en los párpados, es casi imposible estar concentrado.

—El tipo tiene una información que compromete a cierta mujer, la amante de Costelo.

—¿La gatita?

—Sí, la gatita. Sabe que esa información tiene el precio de su vida marcado en el remite y ha venido a ti para que negocies con Costelo y los suyos.

—Pues se lo pones muy negro —dije apoyándome en los codos—. Si yo fuera ese, trataría de negociar a través de la conejita de Costelo. Los mañosos siempre son más vulnerables a la belleza.

Eso le hizo gracia a Ray. Apuntó.

—Eso sí —añadí—, al final me cargaría al tipo.

—¿Y eso?

—Nadie puede incumplir las normas de la Mafia y salir de rositas. Es como un pez fuera del agua. Boquea pero acaba muriendo. ¿Has visto alguna vez un pez fuera del agua?

—Ahora no caigo.

—Pues es espantoso, pero a la gente le gusta. Si sabes cómo describir la cara de ese pez boqueando, tienes el éxito asegurado.

* * *

Una noche, después de beber lo nuestro, me trajo una Smith & Wesson 38 especial. La traía envuelta en un paño y el cañón de noventa y dos milímetros asomaba por delante. Cuando la dejó frente a mí, las grageas de plomo se desparramaron por la mesa.

—Cárgala —me dijo.

No sé qué brillaba más, el bourbon por la mitad, el fajo de billetes que puso Ray sobre el cristal o la Smith & Wesson 38 especial. Claro que sabía cargarla. Cualquier patán lo haría. Así que, por ese precio, no estaba de más rebajarme. La máquina estaba tan engrasada y lista que no hizo ruido cuando la rellené de plomo.

—Quita el seguro —me ordenó.

Yo lo miré a los ojos. Hablaba realmente en serio. El montoncito verde casi se duplicó. Parecía un banquero con amnesia. Aquella noche la banca estaba a rebosar, tres, cuatro mil dólares al menos sobre el tapete. Eché hacia atrás el percutor y soplé el cañón.

—Quiero que camines frente a ese espejo, te des la vuelta y, al llegar a mí, desenfundes y dispares.

Sacó un nuevo fajo y lo puso sobre la mesa. Era como cuando, en una timba de póquer, alguien se echa un farol y tú lo sabes y aceptas la mano. Me levanté. Si quería jugar, jugaríamos. Calculé mis movimientos, el tiempo que iba a tardar en llegar al espejo, la amplitud de la zancada, el balanceo, ni excesivo ni demasiado tímido, que imprimiría al movimiento de los hombros. Por un momento me pregunté qué haría Humphrey Bogart en mi lugar. Seguramente pensaría que sólo se da la espalda a los enemigos a los que no se respeta o a los que se quiere intimidar. Y Ray, seguro, era de los primeros. Entonces llegué al espejo. De fondo, se reflejaba el otro lado de la costa, iluminada como una procesión del Ku Klux Klan. Un tipo al que no reconocí me observaba en el espejo. Era la imagen patética que Ray había construido para mí y que tanto me había costado aceptar. Me maldije por ser incapaz de verlo. Dentro de la casa sólo había silencio. Los metafísicos dicen que el silencio absoluto no existe, pero les juro que aquello se le parecía mucho. Podía oír el tictac del reloj de pared como la batería de Lonnie Donegan, como los guantes de Drexler cuando le reventó el hígado a aquel crío. Entonces lo pensé. Debía hacerlo. Me di la vuelta y lo vi allí, sentado al borde de la bañera. Me acerqué sin miedo, pensando en trufarlo de plomo y sintiendo el heraldo de la muerte en la axila. Lo pensé. Humphrey Bogart tampoco hubiera dudado. Me acerqué hasta donde él estaba, saqué la pistola y lo encañoné de frente, con la empuñadura del arma colocada en horizontal, como hacen esos negros con mala conciencia. Él cerró los ojos, entregado como un samurái que llega tarde a su trabajo.

—Vamos, dispara —me pidió.

La tensión duró unos segundos. Me gustaba verle sudar la gota gorda y hacerle sentir que con un tipo como yo no se juega ni a las canicas. Al fin aflojé la empuñadura negra.

—Vamos, Ray, vete al infierno... —Sonreí.

Él abrió los ojos. Lo que vi no me gustó un pelo porque aquel no era Ray, o era un Ray que estaba muy profundo en el Ray que yo conocía. Ese tipo tenía los ojos como los de un hurón con rabia.

—Vamos, dispara de una vez... ¿para qué crees que te llamé?

Por un momento pensé que los proyectiles podían ser de fogueo y que Ray sólo quería tasar mi valor para su novela. Pero yo, aunque parezca lo contrario, soy un hombre de límites. Lo importante es saber encontrar esos límites porque fuera de ellos las cosas se vuelven turbias e inestables. No sé si me explico, pero Ray había atravesado las fronteras de todos los estados mientras que yo me había quedado en Oregón, cuidando a la abuela. Sudaba como un gorrino dentro de un abrigo de visón en pleno agosto. La barbilla le temblaba como si fuera de gelatina. Me dio mucha pena verlo ahí, sentado, entregado a sus fantasmas, como un títere sin titiritero abandonado en el baúl de los recuerdos.

—Fracasado —me dijo—, ten valor para algo en tu vida. —Y luego le dio por llorar. No me pilló por sorpresa, porque los fracasados, por lo general, tenemos mucho tiempo para pensar y cuando nos dicen cosas como esa nosotros las hemos averiguado con mucha antelación; otra cosa es que necesitemos que nos lo recuerden—. Dispara —ordenó con rabia.

Supongo que fue entonces cuando decidí que aquella noche me largaría con mis maletas a otra parte. Lo de Ray había estado bien pero se había agotado, como todo se agota, como los centavos que uno encuentra en el fondo del bolsillo para el periódico. La Smith & Wesson 38 especial quemaba en mis manos. No es bueno, en los ajustes de cuentas, no es bueno que una de las partes se vaya de rositas, así que le dije:

—Mira, Ray, no sé qué te ha dado... , pero ya que ponemos las cartas sobre la mesa te diré que tienes razón. Soy eso que dices. Pero en una competición de fracasados, ¿me oyes?, en una competición así te aseguro que tú me sacarías millas de ventaja. Y te digo más, ¿me oyes, Ray?, ¿quieres oírlo? De los dos, yo al menos puedo soportar mi sombra y mi cara en ese espejo. ¿Puedes tú decir lo mismo?

—Cretino —dijo levantando la vista.

—¿Dónde está ahora tu Cissy? —dije moviendo el revólver delante de su cara—. Mira, majadero, ya no te queda ni su olor, ni su presencia, ni su asqueroso pastel de manzanas. Por mucho engrudo que compres en el supermercado, ella no volverá porque los gusanos, suponiendo que tengan el mal gusto, ya habrán salido a vomitar... ¿Me oyes, Ray? Mi vida es mía y sólo mía y voy y hago lo que quiero, pero tú estás más vacío que un jarrón chino. ¿Sabes de qué llenan los jarrones los chinos? Pues eso, me llamaste porque necesitabas que tu jarrón chino tuviera otra cosa dentro...

Lo apunté a la frente y él me miró a los ojos. Dicen los profesionales del arte de matar que mirar a una víctima segundos antes de disparar da una extraña sensación de superioridad. Y es cierto. Al menos eso me pasó con Ray, que pensé, «sí, vale, tiene su casa en Point Loma, sus coches y toda esa pasta, pero en el fondo sólo es una mierda».

—Di algo —le grité a Ray—, di algo de una vez.

Como no respondió, tiré el arma al suelo, me di la vuelta y caminé hacia la puerta. Cuando tenía la mano en el pomo, escuché su voz ahogada por el llanto. Ray era pura escoria lamentándose de ser pura escoria.

—No te vayas, Phil..., no te vayas...

Se agarró a mi pierna como un mocoso de cuatro años. Pero el límite estaba ahí, en el umbral de la puerta, en el felpudo que ahora yo pisaba. Me solté como pude, le pateé la cara y los hombros y Ray se dejó caer sobre la alfombra, junto a la Smith & Wesson 38 especial. Cerré la puerta y en mitad de la noche me llegó el ruido distante del mar. Un profundo y elegante ruido de mar. Recordaré toda mi vida los detalles de aquel oleaje. Era como las interferencias del televisor cuando se acaba la programación: suben y bajan, bajan y suben, y en mitad del vaivén, de repente, una detonación seca reventando la noche. Me di la vuelta en el sendero. La silueta de la mansión, arriba, se recortaba contra la oscuridad. No me paré a preguntar. Llegué hasta la carretera y eché a correr, con las olas todavía persiguiéndome detrás.

* * *

Dijeron que Raymond Chandler se había intentado suicidar. La noticia la dio un presentador casposo en las *Hollywood Citizen-News* de las cuatro y a nadie le extrañó la tentativa del escritor porque todos pensaban que el cuatroojos era un alcohólico que estaba como un violinista con párkinson. Pero yo, y ahora ustedes, conocemos los detalles. Sé que todavía consiguió escribir la séptima de las novelas que tenía como protagonista a Philip Marlowe. Cuando leí *Playback*, supongo, me reconocí más yo, menos Marlowe.

Ahora vengo de su entierro. He contado dieciséis y yo en la pradera. Creo que murió en su cama, de una triste neumonía. Yo me enteré por el periódico. Llovía inclinado mientras bajaban la caja. Nadie ha llorado. Si Ray hubiera determinado el éxito de su vida por las personas que fuimos al funeral, les aseguro que se hubiera pegado el tiro mucho antes. La lápida de Ray quedaba al lado de la del Diplodocus del Strudle. Así lo había querido él.

Cuando la muñeca del gato turco y la falda de plexiglás rojo me preguntó de qué conocía a Ray, yo le dije que sólo lo había visto en tres ocasiones. No le conté todo, como es natural. Le hablé de Lee, de la Ley Seca y de los tíos duros de Santa Rosa. Poco más. Llovía y no quería amargarle la tarde. Hubiera sido una lástima desperdiciar aquellos ojos de color ciruela y la montaña rusa de sus pechos. Así que me despedí de Ray. Un buen tipo demasiado sentimental, me dije. Hasta pronto, eso es. Luego miré a la escultura de carne y, aunque sabía que sólo lograría ahuyentarla con mi tentativa, me presenté:

—Marlowe —le dije—, Philip Marlowe. ¿Y tú?

«... nadie lo derrotará porque es invencible por su naturaleza. Nadie lo hará rico porque está destinado a ser pobre. Lo veo siempre en una calle solitaria, en cuartos solitarios, desconcertado, pero nunca del todo derrotado.»

Raymond Chandler, carta a Maurice Guinness, 21 de febrero de 1959, días antes de su muerte.

Lorenzo Luengo

(1974)

Nacido en Madrid, donde vive, Lorenzo Luengo es autor de las novelas *La cierva de la aurora* (2002), *El quinto peregrino* (2009), *Amerika* (2009) y *La cuestión Dante* (2013), de la primera edición crítica en español de los *Diarios* de Lord Byron (2008) y del libro de cuentos *El satanismo contado a los niños* (2014). Su relato «La Biblia de los idiotas» es inédito.

La Biblia de los idiotas

I

Puesto que tengo un trabajo que detesto, no poseo amigos y las mujeres me rehúyen, me dedico desde hace varios años a cartografiar las geografías imaginarias que aparecen en los libros de literatura, desde las más obvias —Liliput, el monasterio benedictino de *El nombre de la rosa* o la Academia Pierre Menard—, pasando por las más verosímiles —el castillo de Otranto, la isla en la que recala Robinson Crusoe, el hotel Outlook—, hasta las directamente imposibles, como la tierra de los Nchl que figura en el informe de Brodie o la Luna descrita por Luciano de Samósata. En realidad es un trabajo colosal, conjugar el mapa en que hallen acomodo todas las tierras inventadas por la literatura, pero precisamente es eso lo que necesitaba, una labor extenuante que me permita vadear la soledad en que me enfango cuando salgo del trabajo y veo emerger en la hojarasca de la memoria los rostros de las novias de mis conocidos, rostros que ahuyento enseguida pues me acomete el deseo de embriagarme en placeres sórdidos. El más sórdido de todos es cartografiar, también, sus perversiones o sus mojigaterías, imaginarme lo que les gusta y lo que no les gusta, suponerles fantasías que no se atreven a plantear a sus parejas, inventarles amantes negros, sorprenderlas adquiriendo consoladores o bolas chinas o bragas de látex en un bazar de la imaginación, seguirlas hasta tabernas tenebrosas, buscar sus huellas por callejones en que nadie se adentraría, olorosos de orín y placeres suicidas. Luego las veo con sus parejas —los sembradores de su vientre, sus recolectores de orgasmos— y me acuerdo con todo detalle de qué postura hace gritar a la rubia de cara angelical, la lencería que esconde bajo la falda de cuero la morena con el pelo rizado y los ojos estragados de ojeras. Eso es lo que hago: penetro en sus vidas y elaboro el atlas de sus placeres prohibidos para sentirme menos solo, para estar menos solo, o simplemente para considerarme el dueño de sus vidas... lo cual, después de todo, es un modo de decir que poseo algo, que aún hay algo en mis manos.

Realmente estoy pasando por una mala época, pues si necesito hacerme dueño de las vidas ajenas es porque no vivo mi propia vida, o porque viviendo las vidas de otros en realidad estoy queriendo olvidar que no tengo una vida que vivir.

Una mala época que dura ya treinta años, o sea toda una vida.

Por eso, en precio de esta vida, estos mapas.

Uno de los lugares imposibles más fabulosos que he cartografiado aparece en la *Biblia Onirocrítica* de Artemidoro de Daldis, precursor de mis atlas y de mis soledades. Artemidoro de Daldis: encorvada gárgola de melena lacia, anciano insomne que, en sus vagabundeos por la Antigua Grecia, dedicó su larga vida a recolectar y cartografiar los sueños ajenos, inventándose de este modo un museo de los sueños que ya no existen (había hombres que soñaban el sueño de luchar como gladiadores, mujeres que soñaban con pelucas rubias). A pesar de que el lugar que describe fue real (Grecia, siglo I), no me resisto a apropiármelo: se trata de un ágora donde los ciudadanos debían confesar a los arúspices —un selecto cuerpo de funcionarios constituido por futurólogos y videntes— los sueños que les sobrevenían por las noches, por si éstos contenían algún pormenor que presagiara una futura desgracia a la ciudad en que habitaban. De no hacerlo así, y de saberse quién había ocultado un sueño que hubiera podido salvar a la ciudad del desastre (y sin lugar a dudas se sabía: imagino una biblioteca secreta ocupada por hombres que siguen la pista de los sueños, tiran de un hilo apenas visible, lo recogen hasta un hombre que grita al otro lado, un hombre que sueña con quienes irrumpen en su sueño), aquellos avaros de sus monstruos eran conducidos a la muerte. Lo que me fascina es que ese ágora no hubiera existido sin las fantasías de quienes acudían allí a confesarse. Al igual que el célebre halcón de Hammett, el ágora de Daldis era un lugar fabricado con la materia de que están hechos los sueños, aunque yo a veces lo vea como un precedente de esos actuales programas radiofónicos de madrugada en los que unos tarados cuentan sin rebozo desgracias de lo más originales, y a lo mejor fue eso lo que lo hizo desaparecer: que se convirtiera en el desahogo de un enjambre de enloquecidos solitarios. Pero para la mayoría sería sin duda un lugar horrible. Pocos se dejarían vencer por el sueño sin temer a sus sueños, y vivirían de tal manera sojuzgados por el miedo que el sueño no significaría paz sino terror, pero yo ya imagino lo que eso supondría con el paso del tiempo: la formación de un grupo de resistencia que lucharía contra el terror establecido con la única arma que les sería dado empuñar, el insomnio.

Por eso, el centro del mapa que llevo tantos años elaborando es el ágora de la *Biblia Onirocrítica* de Daldis, no el verdadero sino el inventado por los hombres, el que los hombres de entonces temían. Hay un río negro, insólito de bestias, que lo circunda: por ese río pasa la barca de Marlowe, pasan el *Tisiphone*, el *San Gerónimo*. Están dibujados entre los anillos de los saurios marinos a los que el pequeño judío que escribió la Biblia puso un nombre (Leviatán), y, aunque me sentí tentado de incluirla, no está entre ellos la *Argo* porque ésta no sucumbió en el mar sino varada en tierra, donde se iba desprendiendo poco a poco de sus piezas: la última de todas cayó sobre la cabeza de Jasón, que sin esperarlo fue arrastrado a un último sueño donde seguramente hubo de comparecer ante un tribunal de espías que le interrogaría sobre sus sueños del otro lado, la vida que había vivido. (¿Y si Jasón olvidaba un detalle? ¿Y si no recordaba ya si había engañado a Medea para poder huir de la Cólquide [Séneca] o si la había amado verdaderamente y gracias a ese amor salvó la vida [Apolonio de Rodas]?)

Lo curioso es que, de tanto vivir cartografiando geografías imposibles, yo mismo me he visto inmerso en un lugar que no existe, en una geografía literaria. La otra mañana, cuando como de costumbre estaba fumando un cigarrillo para matar los minutos que restaban para concluir la jornada de trabajo, me fijé en que detrás de mi silla había una puerta oculta que no había visto antes (de hecho, antes había un panel de madera, alguien lo retiró para que viese la puerta y pacientemente aguardó a que mis ojos dejasen de mirar las cosas acostumbradas y a que se acostumbrasen a mirar con una mirada nueva las cosas nuevas), de modo que apagué el cigarrillo y permanecí mirando esa puerta oculta que me abría todo un mundo de posibilidades en esas horas yertas que he transitado durante treinta años copiando protocolos y formularios cenicientos. Mi jefe pasó por allí, y, después de treinta años, le dije por primera vez: «No he terminado un trabajo, voy a quedarme un rato más a ver si lo acabo». Yo también había retirado un panel de delante de sus ojos y vi que mi jefe hacía el esfuerzo de mirarme con ojos nuevos, pero sé que a través de esas dos pelotas grasientas entreveradas de venas rojas sólo me veía a mí, un hombre acabado y ceniciento, hecho de protocolos y formularios, un hombre que sueña con las novias de sus conocidos, un pobre desgraciado que tiene que inventarse un atlas de lugares imaginarios para sobrevivir en el mundo de los seres reales, de las criaturas sin imaginación. Dijo algo y cerró la puerta. Lo que dijo no tenía ningún sentido, era un runrún dificultado por un puro en la boca. Me sorprendió. Decía Pessoa: «¿Viajar? Perder países». Yo he descubierto otra frase debajo de ésta: «¿Vivir? Perder palabras». A veces ocurren estos milagros, frases que se anudan a otras, frases que nos llevan a otras, frases que nos hacen parecer más inteligentes de lo que somos, frases-lázaro que esperan la mano de nieve que las arranque del sueño en que se encuentran para dejar en nuestro pensamiento una interrogación que nos acompañe, que nos celebre, que nos asuste. ¿Vivir?: perder palabras, sí. Mi jefe ha vivido mucho, está en las últimas. Unas palabras más y se va con ellas al otro mundo, si es que en el otro mundo puede haber palabras, si las palabras tienen un alma y un paraíso para el alma, un paraíso para lenguas muertas. Me gustaría pensar que sí. Me gustaría creer en un vergel de palabras perdidas, palabras que se reinventan a partir de la ceniza del silencio para iniciar la transmigración a un mundo al que poblar con nuevos deslumbramientos, pero algo me dice que ni mucho menos, que no hay nada más incierto que eso. No sé por qué.

Una idea para los próximos días: dedicarme a las psicofonías. Usar las viejas cintas de John Cage, que escucho en estos momentos (*Cuatro Treinta y Tres*: aún conservo los vinilos), y grabar sobre ellas las voces de los muertos. Puede que la muerte no sea sino eso, voces, palabras que perviven y que no saben nada de nosotros, los que les dimos vida, una flora natural de verbos, un paraíso de lenguas muertas que sin embargo viven un amor constante más allá de la muerte. No hay muertos, sólo palabras. ¿Morir?: ganar palabras. Las que hemos conocido y las que no hemos dicho. Cuando muera me reencarnaré en una palabra, tendré que decidir qué palabra quiero ser de mayor, o sea de muerto.

Me gustaría follar, por ejemplo. Es decir, no me refiero a hacerlo, que también, sino a que me gustaría reencarnarme en la palabra en sí. Dicen que esa palabra se pronuncia en todo el mundo unos diez millones de veces por minuto, así que supongo que eso sería como estar diez millones de veces más vivo que, por ejemplo, reencarnándome en la palabra «hipoxia» (una vez por minuto.)

En fin. No hay nada más que decir acerca de la puerta, al menos por ese día. No la abrí. Me senté frente a ella y la miré, y sentía que la puerta me devolvía la mirada. Las puertas son eso, abismos. Escuché tras ella. Oí al otro lado un rumor de vida, o quizás un rumor de muerte, pues sólo oía palabras, palabras que no entendía. Eso me dio miedo. Me puse mi abrigo y me marché de allí, dejando los formularios y los protocolos igual que estaban cuando mi jefe abrió la puerta para mirarme con ojos nuevos, los ojos de un hombre apenas sin palabras, los ojos de un hombre (dos pelotas grasientas entreveradas de venas rojas) que va a morir muy pronto.

Naturalmente, durante toda esa noche no pude pegar ojo, pensando en los misterios que escondía aquella puerta tras la que se escuchaban palabras, síntomas inequívocos de la muerte que habita al otro lado. Recordaba una novela de Roland Topor, *El quimérico inquilino*, en que el protagonista encuentra en una pared de su habitación alquilada un agujero donde la huésped anterior escondió un diente y otras pertenencias curiosas. Poco a poco el inquilino se transforma en la inquilina, y lo que deduje de aquel libro (si de veras es necesario deducir algo de los libros) es que los secretos de los otros nos transforman en otros. En cierto modo, dejo de ser yo cuando vivo las vidas ajenas, y esto lo sé muy bien porque desde hace algún tiempo no llevo otra vida sino la condenada a cartografiar el itinerario vital de las novias de mis conocidos, me transformo en ellas para habitar la vida que ni siquiera sé si ellas viven, pero soy ellas mientras las pienso, o ellas son yo pensadas por mí, lo que yo sería si fuese ellas, si tuviesen vida propia y se atreviesen a ser ellas mismas. También —es cierto— tengo un trabajo, pero eso no cuenta: ¿qué clase de vida es esa vida: un trabajo?

Al día siguiente esperé a que todo el mundo abandonase la oficina y de nuevo, por segundo día consecutivo en treinta años, le dije a mi jefe: «No he terminado un trabajo, voy a quedarme un rato más a ver si lo acabo». Increíble, enuncié sin proponérmelo las mismas palabras que el día anterior. De no haber sido porque esta vez no había· un puro en los belfos de mi jefe hubiera pensado que se trataba del mismo día: tan extraño me resulta decir dos días seguidos que voy a ver cómo me pudro unas horas más en la oficina. Tras dejarme radiografiar por su mirada grasienta, aguardé hasta que tanto él como su séquito de comparsas salieron por la puerta principal, y la verdad es que cerraron como si tal cosa, sin importarles si quedaba alguien atrapado en la oficina, alguien de quien no se oirían los gritos (no como los de los hombres que soñaban con quienes irrumpían en sus sueños en tiempos de Artemidoro de Daldis) cuando chillase aterrado para que le dejasen salir, aunque no es de extrañar que nadie mirase si yo aún estaba allí, incluso yo mismo me habría dejado encerrado dentro si alguna vez hubiera podido salir de allí con mi cuerpo de hombre, dejando mi fantasma de oficinista en la oficina. Me tengo tan olvidado que no hubiera mirado si me olvidaba de algo, si me dejaba algo atrás, si me dejaba a mí mismo al otro lado: ¿voy a pedirles a los demás que lo hagan, si ni yo mismo me acordaría de mí?

No me he olvidado de que a estas alturas la puerta —la otra puerta— sigue cerrada, pero antes de abrirla y mostrar su interior tengo que hacer algo ciertamente doloroso: debo desmentir a Cavafis. No importa Ítaca, decía Cavafis, pero claro que importa. Lo que importa es el viaje, pero ¿qué viaje? Si he llegado hasta esta Ítaca, la que hierve al otro lado de la puerta —*esa* puerta—, ha sido a lomos de esta galera inmóvil en la que he servido de galeote treinta años, con una pierna engrilletada al bauprés, como Ben-Hur. Eso no es viajar, no es perder países. Ha sido morir, ganar palabras: las he ganado todas, eso sí. Poco a poco he ido muriendo, sin dejar nada atrás, reuniendo palabras para elaborar un mapa con ellas, con las que crearon algo, las que envenenaron la realidad y le impusieron un Xanadú, un Camelot que nunca hubo. Pero lo que importa es Ítaca: que me lo digan a mí. Lo demás es silencio.

Llamaré, por tanto, Ítaca al país que se extiende al otro lado de la puerta. No es un país, es otra oficina, pero da igual, para mí es un país: al fin y al cabo, se tutela con sus propias leyes y se rige con la misma falta de gobierno que cualquier otro país a este lado de la puerta. Así, además, puedo poner otra Ítaca en mi mapa, jugando a los espejos, aunque en el momento en que introduzca mi Ítaca en el mapa de los Lugares Imposibles —los lugares inventados por la Literatura— me estaré planteando un dilema, porque en ese caso mi Ítaca será un lugar literario, una geografía que no existe, volviéndome yo mismo, que entro y salgo de ella, un personaje inexistente (lo cual después de todo no se aleja mucho de la realidad). Y eso conllevará una consecuencia terrible: me estaré negando la posibilidad de vivir en la así llamada realidad (en este lado del mundo donde mantengo un trabajo detestable, no poseo amigos y todas las mujeres, aun las menos agraciadas —las más desgraciadas—, me rechazan), lo que siempre he vivido en los libros. En una palabra, estaré convirtiendo mi vida en Literatura en lugar de construirme lo que siempre he soñado: una vida literaria.

Antes de entrar en Ítaca voy a traer conmigo a Kafka, voy a sentarle un momento a mi lado, voy a hacerle a hablar. Kafka: «Era un largo corredor al que asomaban varias puertas toscamente construidas que se abrían sobre las secciones en que estaba dividida la buhardilla. Aunque la luz no incidía allí directamente, no estaba el pasillo completamente a oscuras, pues dichas secciones, en lugar de estar separadas por una pared, disponían en algunos trechos de simples enrejados de madera que llegaban hasta el techo, a través de los cuales se filtraba la luz, y podían verse a algunos empleados escribir sentados junto a una mesa o de pie junto al enrejado, mirando por sus agujeros a la gente que discurría por el corredor». Si olvidamos el hecho de que Kafka describe una buhardilla, encontramos en sus palabras la descripción más precisa de la entrada a Ítaca: las semipenumbras, las puertas groseras, el corredor inacabable, los burócratas que observan tras los agujeros. Me estremece pensar que Kafka también llegó a mi Ítaca, que en una oficina de una compañía de seguros en Praga había una puerta secreta tras un panel de madera, que Kafka la reveló, entró en ella, nos trajo de allí su tristeza humorística, *El proceso*. Como además he visto algunas puertas ciegas en el interior de Ítaca, mi imaginación se ha disparado sin remisión y me ha dado por pensar que tras ellas hay una oficina de patentes en Berna, un bufete de abogados en Londres, un despacho de copistas de libros raros en una buhardilla de París. Sí, podría viajar y perder países de un modo que nunca imaginó Pessoa, de un modo que valida sus palabras como Pessoa nunca hubiera sospechado: entrando a Ítaca por la puerta secreta de mi oficina en Madrid y saliendo por una puerta ciega que desemboca en Nueva York, en Roma, en Bruselas. Viajar sin recibir la conmoción de los kilómetros que discurren, viajar perdiendo los países como un gran cielo en ráfaga, viajar perdiendo el viaje. La locura.

Pienso en Pessoa. Pienso en una oficina donde Pessoa trabajó como traductor. Pienso en el niño Pessoa que viajó hasta Durbán, en Sudáfrica (me acuerdo de los árboles de Durban), con un rígido padre cónsul. Está claro que viajando en barco desde Lisboa perdió de golpe montones de países, pero intuyo una puerta tras una oficina de traducción, una puerta secreta que se vuelve visible, un hombre aún joven —ni siquiera como yo, echando raíces en mi arrabal de senectud— que la atraviesa, trae de allí sus heterónimos, su infelicidad de ser feliz, trae su hipocondría, su muerte. Viajó de una puerta a otra. Recaudó palabras (era traductor). Perdió países en el trayecto de una puerta a otra.

Kafka estuvo allí, sin duda, pero es más, es posible que aún esté allí, con Pessoa, con Robert Walser, y por supuesto con Borges, pues Borges también trabajó de oficinista, a las puertas de la ceguera (pero había otras puertas): un oficinista trémulo en una canonjía tenebrosa de la Biblioteca del Sur en Buenos Aires. Me pregunto ahora si *El aleph* no será en realidad una metáfora de mi Ítaca, si no nos estará diciendo Borges desde las penumbras de su famoso relato que viajamos sin mover los pies del suelo, que perdemos países con mirar atrás y retirar un panel de madera tras el cual se nos enseña la puerta filosofal de la Literatura, el mundo que lleva a nuestro mundo otros mundos. ¿Qué otra cosa iban a ser, si no, los objetos remotos, objetos de países lejanos, que el escritor Borges encuentra en un sótano de Buenos Aires, según él en la casa de un amigo suyo (aunque Borges miente, oculta sus fuentes, era tras un panel de madera en la Biblioteca del Sur en Buenos Aires, detrás de la silla donde leía disolviéndose los ojos)?

Kafka está ahí todavía, también Walser, también Borges. No los he visto, pero no me hace falta verlos: sé que están ahí. Ítaca es un lugar enorme que hace solubles las almas, y las de estos grandes monstruos no lo son menos, quizás aún más solubles precisamente por ser tan grandes, por reconocerse víctimas de la luz, por buscar la sombra sosegada que los ampare.

Sé que respiran aún, al otro lado de la puerta. Quisiera un día acercarme a uno de los burócratas que escriben sin parar sobre las mesas de madera para dejarle caer una comprensiva mano en el hombro y, cuando girase su rostro al mío, susurrarle: «No puede engañarme. Usted es Kafka».

II

Por entonces
— niños aún,
vibrantes, fatigados,
con toda la noche por dormir —
pensábamos
que las manchas de colores
tras los párpados
eran enigmas
que atraían el sueño.
¡Arlequinado Glamis!
¿Qué bosque, qué sombra,
se extiende
de la aldaba a la puerta?

Nada, nada: un modesto poemilla que he soñado en honor a mis puertas, y que espero mis fantasmas sepan disculpar. Por lo demás, he incluido otros lugares en mi cartografía, como son las catedrales góticas que crecieron en ciudades pequeñas (Burgos), en ciudades grandes (París), e incluso las que se encrespan sobre ciudades que nunca las vieron crecer (Nueva York). Las he cartografiado como un pequeño homenaje a lo que en realidad son: bellos libros de piedra asesinados por la imprenta, como vaticinara Claude Frollo en *Notre-Dame de Paris*. Me gusta pensar en los viejos hombres de antaño que se adentraban en las catedrales para leer las vidrieras, para leer las piedras, para leer la luz hecha cristal, para leer el granito convertido en forma. Las llamaban «la Biblia de los idiotas», porque servían para acercar la Biblia a quienes no sabían leer. Eso es el mundo, este mundo al otro lado de Ítaca, el mundo de las criaturas sin imaginación: una Biblia para idiotas, un vasto texto hecho de símbolos que acerca la realidad secreta del mundo, la naturaleza oculta de las cosas, a los que siguen sin saber leer.

Ítaca es como la describió Kafka: un largo corredor oscuro menoscabado por puertas groseras a uno y otro lado. Si uno abre una de esas puertas, cualquiera de ellas, se encontrará ante un destartalado balaústre, y en cuanto sus ojos se acostumbren a la oscuridad reinante alcanzará a divisar allá abajo una perspectiva de mesas en paralelo, mesas enormes como de barracón o de campo de concentración donde se aglutinan hombres extraños, pálidos, de manos delicadas, embutidos en trajes de luto, que hormiguean entre las mesas o se hallan sentados a ellas, o acarrean expedientes que desventran de armarios enormes, junto a los cuales reposa una gigantesca escalera de mano que no hace sino gemir como un niño o una parturienta al recibir en sus peldaños el peso de alguno de esos fantasmas. Tan monumental silencio en un lugar donde debería reinar el ruido y cierta sedosa algarabía (el frufrú del papel, el caracoleo de las plumas, el sordo retumbar de los timbres de cera), me infunde, no sé por qué, una nerviosa inquietud, y siempre que entro allí me susurro lo mismo para infundirme ánimos: «Lo pesé todo, todo fue valorado, los días por venir sin objeto ni aliento, sin objeto ni aliento los días que quedaron». Al decirme esto se me olvida al instante que he entrado en Ítaca, en mi Ítaca. Pienso entonces que allí dentro no puedo imaginar a Yeats, el escritor de esas palabras, más que como un Gran Maestro Celta, un taumaturgo que lee horóscopos, consulta tablillas, dibuja círculos con un bastón en el suelo: imposible pensarlo en burócrata, desde luego. Pensando en Yeats, es imposible que no me recorra un escalofrío, aunque esta vez no sea un escalofrío de inquietud: y es que desde siempre, casi diría que desde niño, siento debilidad por los escritores a los que no les basta con pertenecer a una logia caníbal —como sin duda lo es la Literatura— sin que además se vean impelidos a recogerse en otras sectas. Bram Stoker, Conan Doyle, el Barón Corvo, Yukio Mishima, incluso Dante:

la lista es asombrosamente extensa. Pero Yeats fue siempre un hombre demasiado severo: cuando ingreso en Ítaca y me susurro sus versos para reunir aliento ante lo impredecible, él acude a cerrarlos con su voz de trueno, tan negra como una entraña de Tiempo: «En pago de esta vida, esta muerte», dice. Y durante unos instantes resuena en mi cabeza esa voz profunda, fantasmagórica, una voz retumbante de caldero druida. Como para no asustarse.

A waste of breath the years behind, eran las palabras de Yeats, las palabras que deformo yo para entender la música embrujada de Yeats con la música de mi propio idioma. *A waste of breath,* una pérdida de aliento los años vividos, literalmente. Vivir, perder aliento, perder palabras. Qué gran intuitivo este Yeats. Y qué tragedia que no esté aquí (sé que no está aquí, salvo su fantasma, igual que sé que Kafka sí está, como Walser, como Borges), porque como experto que soy en pérdidas de aliento creo que nos llevaríamos bastante bien.

A propósito, no sé si ya he dicho que a mí no me sorprende nada la existencia de Ítaca, todo lo contrario de lo que suele ocurrirle a esas criaturas sin imaginación que sólo ven puertas donde en verdad hay puertas. Aparte de copiar durante treinta años rimeros de protocolos, en el otro lado de mi vida, en mi vida de cartógrafo, he escuchado sonar las trompetas que convirtieron en escombros los muros de Jericó —con su puerta en forma de aguja por cuyo ojo no pasaría un camello—, he visto las naves de Agamenón cruzar el Egeo más allá de las puertas de Troya, por tanto no me sorprendo de que existan más puertas, esta puerta es sólo otra puerta más que me lleva a otro lado. Eso sí, me gustaría conocer a sus aborígenes, sobre todo a las hembras: entablar amistad con ellas, hacerlas reír enseñándoles mi barriga, convertirlas a mi idioma, cultivarles el alma y cultivarles el vientre, ya puestos. Me imagino, como Speke, trayendo fusiles de mi mundo para demostrarles mi magia («yo-gran-guerrero, yo-gran-brujo»), abriendo fuego hacia el ojo de la oscuridad y abatiendo, con suerte, uno de los muchos animales que pueblan Ítaca, pues he de confesar que Ítaca, además de sus burócratas, está infestada de animales extraños, bestias que se generan en una laguna en el sótano donde han ido a morir miles de libros a causa de un escape de agua que debió suceder muchos años atrás, si es que hay tiempo que mida Ítaca, o si nuestros horarios sirven para explicar los suyos. De los libros ahogados proliferaron unos curiosos hongos, y los hongos hicieron brotar poco a poco una flora gigantesca, húmeda y opresiva: una verdadera jungla confinada en los márgenes de un sótano; más tarde, las temperaturas intolerables procedentes de las calderas cercanas arrancaron a la laguna los primeros bacilos, los bacilos crecieron y por fin, en cuestión de siglos (lo que tarda en pasarse de una puerta a otra puerta), se transformarían en los animales que he visto. Recuerdo un relato de Jorge Luis Borges en que Borges se introduce en una casa ajena y descubre que los utensilios que nosotros llamamos mesa, silla, cama, precisan allí de otros vocablos que acierten a definirlos, pues la mesa, la silla y la cama que él ve están hechas para un monstruo, para una anatomía imposible. Me sucede lo mismo con términos como colmillo, alas, garras, aplicados a los seres putrefactos de mi Ítaca. No es sólo que tales términos no sirvan para definir lo que la costumbre denomina colmillo, alas, o garras, a fin de sortear una falla del entendimiento que no acierta a comprender lo que hay en lugar de estas maravillas, sino que tampoco involucran el odio inacallable, la fiereza que poseen en estos animales de bestiario. Lo que sí puedo hacer es inventarles nombres, ganar palabras. Por lo pronto, he registrado una nueva especie: la *Lybellula Sterna Fulva,* una suerte de libélula que vi brotar del *Tristam Shandy* de Laurence Sterne como un filamento de luz azul que giró graciosamente en el aire y la jungla —insomne— devoró en un momento.

Me siento un Agatárquides, un Ctesias de Cnido, aunque yo no me invento nada: entro y salgo de una geografía imposible que sin embargo existe y donde puedo morir de un zarpazo, del ataque de un animal que olfatea las pisadas que he llevado demasiado lejos en mi empeño por cartografiar geografías, coleccionar regiones, ganar países, explicar nuevas razas. Y para colmo ni siquiera cuento con una posible refacción en brazos de las aborígenes, porque aún no he visto ni una: aquí sólo hay burócratas, animales extraños, libros por todas partes, pero de aborígenes, nada. ¿Debo suponer que las hembras no son bienvenidas en el ancho universo de la literatura? ¿Debo suponer que toda escritora es una impostora?

Fascinante cuestión... que, no obstante, alguien (no yo) responderá a su debido tiempo. De momento, voy a describir a los burócratas, no ya porque posean costumbres curiosas, sino porque van a ayudarme a revelar algo sobre Ítaca que hasta ahora no he contado. La primera curiosidad es que no saludan. No se saludan entre ellos ni saludan a los extranjeros (llamo extranjeros a los que proceden de fuera de Ítaca, como yo, por ejemplo, único ejemplo por otra parte que conozco), tampoco se despiden, pero poseen una memoria prodigiosa, una verdadera enfermedad de Funes que les impele a milagros tales como saber qué expedientes se agazapan en un armario de treinta pisos de altura o proseguir una conversación en el punto en que la dejaron tiempo atrás por muchas horas o días que hayan pasado entre el momento de abandonarla y el de tomarla de nuevo. Precisamente, el hecho de que no se saluden ni despidan es la consecuencia inmediata de su segunda peculiaridad, la que más me maravilla de todas: y es que nunca se expresan en tiempos de pasado o futuro, pues el único tiempo verbal que emplean es el presente. No dicen: «Mañana haré», sino: «Hago». Supongo que para los habitantes de Ítaca, extraños funcionarios y seguramente únicos en su género que no dicen «mañana haré», el tiempo es una enfermedad que herboriza al otro lado de las puertas ciegas, lo cual es una manera de admitir que los habitantes de Ítaca viven en la eternidad, son huéspedes suyos, no los atropella el tiempo ni pasa nuestro tiempo por ellos. Al romper con el tiempo han ganado palabras, asemejándose lo más posible a un muerto (si es que en realidad no están muertos). Negros de la eternidad, trabajan para una fuerza inexorable que crea obras inmortales amasando todas las palabras posibles, incluso las que aún no existen, una fuerza que busca entre los hombres a ese otro negro que las trasladará a otros hombres, un negro como Borges, como Kafka, como Walser: oficinistas sin ambición que no rechisten o al menos acallen el «no», como Jakob von Gunten, que puedan ser deglutidos por un mecanismo burocrático, como el señor K., que sepan moverse en los laberintos. Iba a escribir que también es necesario que dispongan de su doble en alguna parte. ¿Por qué? Sin duda por la mención a Borges y por el hallazgo de un afortunado aforismo de Elías Canetti: «Una sociedad en la que los hombres desaparecen de pronto, pero nadie sabe que han muerto: una sociedad en la que no existe la muerte, porque no hay para ella una palabra, y todos están satisfechos». Me recuerda al epígrafe del *Andreas* de Hofmannsthal, una cita de Ariosto, es decir, una frase de Hofmannsthal: «Viven entre nosotros hechiceros y hechiceras, pero nadie lo sabe». Y bien, ¿qué tiene que ver esto con el doble?, se me dirá. Pues, ciertamente, qué mejor doble que ese fantasma de oficinista que al pasar al otro lado de una puerta misteriosa dejan estos manipuladores de puertas en la oficina. Fantasmas que todos ven, fantasmas que habitan las oficinas como un mueble más que pasa de generación en generación, pero nadie lo sabe, quizás ni ellos mismos, los pobres. ¿Qué doble mejor que este espectro de Bartleby, oh Humanidad?

También Canetti, antes de emprender la escritura de *Auto de fe*, trabajó como oficinista en una editorial berlinesa llamada Malik. Merced a esos días leemos hoy su maravillosa novela —digo «su novela» por una convención, todos sabemos que en realidad no es suya, él sólo fue su negro—, aunque él siempre juró y perjuró que la debía a una revuelta en la que participó tres años atrás y a una ama de llaves que mezclaba en sus monólogos delirantes la laxa moral de los tiempos que le había tocado vivir y el precio de las patatas, y que le regalaría el personaje de la propia ama de llaves de Kien, el protagonista de su obra, o sea la obra de Ítaca, mi Ítaca. Con el tiempo, sin duda, Canetti inventó un recuerdo con el que justificar la inspiración de su obra, o simplemente hizo suyo un episodio inventado por Ítaca. La verdad es que a Canetti no puedo perderle la pista pues, que yo sepa, representa el primer caso conocido de escritor que se niega a Ítaca, que lucha contra ella, trata de refutarla. No sólo en su actitud —inventar un recuerdo para convencerse de que la obra que escribió era suya—, sino al enmendar las palabras que Ítaca le dictaba, como por ejemplo las del aforismo que más arriba acabo de citar: «Una sociedad en la que no existe la muerte, porque no hay para ella *una palabra*, y todos están satisfechos». ¿Cómo no va a haber para la muerte una palabra, si para Ítaca sólo existen palabras? Pero no sólo en esta frase, sino en todo el aforismo, se revela otra circunstancia tanto o más inquietante que la sorpresiva subversión del negro: la de que al advertir que su huésped lucha, Ítaca lucha contra él. Le da la prueba de que existe —esa sociedad, o, mejor dicho, Sociedad en la que nadie muere, entre otras cosas porque sus habitantes ya están todos muertos—, le brinda la evidencia de que no está loco, pero al mismo tiempo, confirmándole su existencia, le niega que *Auto de fe* sea obra suya, aunque Canetti piensa que sí, claro que es suya, recuerda perfectamente que la novela surgió de sus vivencias y de hecho escribió una vez un ensayo que lo demuestra (*Masa y poder*), un ensayo que, por cierto, si nos atenemos a este razonamiento, Ítaca le deparó. Así que Ítaca le habla sobre sí misma, le explica —le obliga a escribir— que es una Sociedad en la cual aparecen los hombres que desaparecen de pronto del mundo y nadie sabe que han muerto, y donde todos ellos se sienten satisfechos. Recauda funcionarios, oficinistas grises de familias oscuras que nunca los echarán de menos y a los que enseguida pone a trabajar, les hace amasar todas las palabras existentes, e incluso las que aún no existen, desde el venero del caos hasta el amasijo de todas las permutaciones posibles, como a monos que les fuera dado repetir la escritura del *Quijote* y todas las otras obras que en el mundo han sido golpeando en una máquina de escribir por toda la eternidad. Eran antenas antes de morir («poetas, pararrayos de Dios», escribió Victor Hugo, escribió Ítaca), el alambique mediante el cual filtrar al otro mundo las palabras convertidas en obra literaria, seres, en fin, desprovistos de secretos, como los hombres que emanaban del ágora de Artemidoro de Daldis, aunque muchos de ellos ni siquiera supiesen de su talento: trabajarían en sus protocolos y sus libros de contabilidad sin saber que los alumbraba el don de aglutinar palabras, de morir en ellas y morir por ellas, de no perderlas nunca. Después de muertos siguen siendo antenas de palabras, recolectores de aquellas que existen y aquellas que no existen, y es así como viven después de desaparecer, es así como sirven a Ítaca.

Con Canetti, sin embargo, irrumpe la primera resistencia a Ítaca, una resistencia de un solo hombre que quizá, pienso ahora, tuvo un anticipo en Kafka, cuando, a punto de morir, le ruega a su amigo Max Brod que queme todas sus obras, como si supiera que él no era el autor de ninguna de ellas y ese fuera su modo de resistirse a una infame posteridad como negro (sobre todo cuando él quería ser piel roja); como si supiese que a cambio de esta vida —su obra—, esta muerte. Canetti, por el contrario, permite que las palabras fluyan por él, teje cada palabra hasta formar una frase, un libro, y entonces corrige lo escrito, enmienda la plana a Ítaca. Donde Ítaca dice, por ejemplo: «Una sociedad en la que no existe la muerte», Elías Canetti añade: «porque no hay para ella una palabra». Un verdadero bravo, Canetti. Me duele sólo imaginar sus temblores al tachar, al corregir, al luchar... y todo para un logro bastante modesto: porque Canetti sólo ha cogido una piedra del suelo, la ha lanzado contra el edificio y ha roto unos cuantos cristales. Ítaca, al cabo, lo devora, como a Kafka, como a Borges, como a Walser: sólo debe esperar su momento y acabará viéndolo abrir una puerta que hasta ese momento había permanecido oculta a sus ojos, Canetti pensará que eso es la muerte: «Oh, Señor, ¿esto es la muerte? ¡Puertas y más puertas que se abren a otros laberintos y otras puertas!». Pero entonces recordará —perplejo— que se trata de la misma puerta que abrió años atrás, cuando trabajaba como copista en una editorial berlinesa, aunque para entonces, para cuando haya reparado en el lugar en que se encuentra, ya será demasiado tarde. Habrá una puerta ciega tras él y él, asustado, golpeando entre lloriqueos la pared con puño de fantasma, ya no podrá volver sobre sus pasos. Así que, ahora que lo pienso, Canetti también debe de andar por aquí: debo buscar a Canetti.

Para que me reconozca, y puesto que debo acompañarme de un nombre en mi periplo en Ítaca, me llamaré de la misma forma que el protagonista de su novela *Auto de fe*: Kien. Sólo que cambiaré la grafía y pasaré a llamarme con una palabra de mi propio idioma: Quién. Me guste o no, es el único nombre que puede definirme, pero no sólo aquí, cuando traspongo el umbral de Ítaca, sino en todas partes, en el otro lado. Llevo tanto tiempo viviendo las vidas de otros, incluso viviendo en mí mismo una vida completamente ajena a mí, que en realidad no sé quién soy, no sé si soy alguien, no sé si existo. Me llamaré Quién, por tanto, y de este modo, cuando alguien me aborde con la pregunta: «Quién eres», al menos me aliviará responder que sí, me consolará comprender que en alguna parte, aunque sea en este mundo de negros y fantasmas, de gente que no existe, hay alguien que sabe quién soy.

III

Es curioso, resulta que tanto hablar en mi última entrada sobre Canetti y lo he visto hoy mismo en uno de los gabinetes de Ítaca. Llevaba horas extraviado, buscando salir por la puerta por la que siempre entro, y lo vi dando vueltas, creí que perdido, como yo. Al principio, incapaz de creerme tanta suerte, pensé que se trataba de Augusto Monterroso: lo vi de lejos y el pelo blanco, los ojos tristes y el bigote nevado bajo la nariz me confundieron, y también el hecho de que el Monterroso de las fotografías (el presuntamente vivo) hubiera trabajado en su día en oficinas de vaho gris bajo techos de plomo, con lo cual cabe esperar que tarde o temprano pasará a este lado de la puerta con sus silencios, con sus moscas. Luego, como no podía creer aún que ese hombre de chaleco marengo y corbata roja fuera Canetti, como me resultaba de todo punto imposible aceptar que por una vez en mi vida la suerte me sonriese, pensé que se trataba de Mario Benedetti: algo aberrante, pues su único vínculo con este lado de la Eternidad radica en esa coincidencia de dos sílabas con Canetti (lo que me lleva a pensar que hay intrusos, hay corruptores de la Literatura —los Insomnes de Daldis, tal vez— pues no todos los caminos de la letra impresa proceden de Ítaca.) Incapaz de pensar en otros posibles *doppelgangers,* tuve que aceptar por fin que ese hombre con el pelo en antorcha era Canetti.

Me entró el pánico. Las rodillas me temblaron y me postraron de hinojos, las palabras se musitaron solas: «Apiádate de mí, seas sombra u hombre verdadero». Canetti dijo: «¿Sombra? En otro tiempo lo fui: mis padres fueron judíos, tuvieron a España por patria. Yo nací en Rutschuk, en el bajo Danubio, y padecí el engreimiento de haber traído al mundo la existencia de un hombre que era todos los libros. Hoy estoy cerca de ser yo ese hombre». No cabía duda, era Canetti. Como un nombre allí lo hubiera injuriado, decidí no identificarle con el apellido que había dejado una brillante posteridad al otro lado de Ítaca. Sin embargo, él sí me preguntó el mío, y yo le dije que me llamaba Quién. Canetti vaciló un instante, apartó la vista y susurró: «Así que también los fantasmas vuelven al lugar del crimen». Luego, mascullando bajo el bigote, prosiguió: «Kien... Kien... Kien... Terrible amigo, yo sólo fui el lugar de tus apariciones». Se cogió las manos en la espalda y seguimos andando, en silencioso recogimiento, y caminábamos tan cerca que nuestros hombros casi se tocaban.

Algo después Canetti me dijo que no se llamaba Canetti, ahora se llamaba Meier. Como todos allí, no había nadie que no se llamara Meier. Meier es el nombre del protagonista de una obra deparada a Frank Wedekind, el transcriptor de *Lulú*, llamada *Kinder und Narren* en 1891, si bien Ítaca manipuló el título en 1897 para llamarla definitivamente *Die junge Welt* (y digo «definitivamente» porque después Wedekind murió, murió su antena para esas obras). En esta historia, a su protagonista, Meier, lo acomete en todo instante la necesidad de escribir en una libreta cada una de las circunstancias que vive, hasta el punto de sentirse poseído por esa necesidad incluso cuando se trata de las experiencias que viven las personas que lo rodean. Así, cuando Meier besa a su esposa, al mismo tiempo escribe en la libreta el rostro con que ella recibe su beso, con el consiguiente estupor de ésta y la contrariedad de Meier al divisar ese estupor, lo que le obliga a cerrar airadamente la libreta y pedir a su mujer que actúe con naturalidad. La frase que cierra el libro pertenece a Karl, un amigo de Meier que sirve de conciliador en el matrimonio: «Ésa será mi primera condición», le dice a Meier para establecer los principios de su nueva vida: «¡sin libreta!».

Así pues, todos en Ítaca son Meier sin libreta. Sin libros ni libretas, porque ningún orden extraño debe interrumpir la generación espontánea de las palabras que circularán por las antenas donde cobran vida. A cambio, son Meier con hojas sueltas, con servilletas donde apuntalar palabras: son Meier organizando las palabras al albur de unos trozos de papel, incluso las que no existen, entregándoselas unos a otros, copiándolas y encolándolas, dando vida a frases que le serán deparadas a un hombre instalado al otro lado de Ítaca, frases que elaborarán un expediente cuyo nombre será *La Odisea* o *La Biblia* o *Las Contemplaciones*, frases que brindarán al mundo de los hombres sin alma, a la Biblia de los Idiotas, una realidad, un libro.

Recuerdo ahora otra obra de Frank Wedekind, *Mine-Haha*, transcrita en la fortaleza de Königstein durante el cautiverio de su antena. La recuerdo, sí, y me hace gracia pensar en un Wedekind que, alucinado, hallaría una puerta oculta en una pared de su celda, y la abriría completamente excitado (pensando, pobre infeliz, que iba a escapar de allí) para adentrarse en las misteriosas tinieblas de Ítaca, de donde emergería otra vez al interior de su celda, ya sin puertas, mareado de animales extrañísimos y burócratas de memoria infinita, suponiéndose víctima de una broma cruel o un desvarío producido por el hambre pero acarreando un libro —*Mine-Haha*— bajo el brazo. Curiosamente, Wedekind retocaría el comienzo del libro a su manera, relatando la historia del suicidio de esa mujer fascinante llamada Hidalla que, según él, es quien le hace entrega del manuscrito: Wedekind, otro que quiso creerse dueño de sus obras, otro desgraciado que quiso burlar a Ítaca.

Pero si recuerdo *Mine-Haha* es sobre todo porque la imagino como elaborada a partir de una costilla del *Jakob von Gunten* de Robert Walser. No por él, claro, sino por Ítaca. Y recordando *Mine-Haha* pienso en otros libros, hechos a partir de otras costillas: el *Quijote*, con las costillas de los libros de caballerías; algunos poemas atribuidos a Unamuno, con las costillas del *Temor y temblor* de Kierkegaard y las del *Manfred* de Byron; la confesión de Isaak Bábel en los terribles calabozos del Kremlin, con las costillas de Sherezade.

Canetti, o sea Meier, me guió por todos los gabinetes de Ítaca, me permitió hablar con algunos de sus *Büchermensch*, los hombres-libro, los funcionarios Meier. Cuando por fin nos separamos, dejé a un Canetti desolado con las manos sobre una balaustrada, mirando a todos los otros Meier con ojos huérfanos, moviendo de cuando en cuando los pulgares romos. Hay pocas cosas que me infundan tanta tristeza, tanta ternura, como ciertos gestos de las manos. Sentí una honda compasión por aquel Meier que había luchado contra Ítaca y ahora era parte de la masa, era parte del poder, luchaba junto a la masa y era poder con ella. Era un Meier que recordaba aún su alma de Canetti, un Meier torturado por la memoria, por las palabras de la otra vida, por su imposibilidad de ser íntimamente masa, palabra.

El Meier Canetti se despidió de mí diciendo: «Váyase usted, Meier, por favor, déjeme solo, se lo ruego». Me llamó Meier, Canetti. Sentí que sus palabras me condenaban.

IV

Frank Wedekind trabajó como secretario del circo Herzog en 1888, dos años antes de publicar su primera novela como antena, *El despertar de la primavera*. Me agrada que, como yo, también Wedekind se llame ahora Meier, igual que el protagonista de su obra *Die junge Welt*. Poco me ha durado mi otro nombre, Quién, eso sí. Está claro que ahora soy un Meier, el Meier Quién, si se me permite tal apellido, y por tanto soy parte de la eternidad, un esqueje de la rosa poliédrica que es Ítaca. Estoy, pues, fuera de la Biblia de los Idiotas, ese libro hecho de símbolos que necesita de otros libros que lo expliquen.

Lo que tengo claro es que en el mundo del otro lado nunca hubiera llegado muy lejos si hubiera tratado de ser escritor. Nunca antes encontré en la oficina una puerta a mi espalda que me devolviese al mundo con un libro bajo el brazo, más que ahora, ya sobrepasada esa cierta juventud necesaria para que Ítaca moldee al hombre, ajuste sus piezas, lo transforme en antena. Fui recolector de palabras, pero sólo ahora soy antena. Ahora que he desaparecido por la puerta que descubrí en mi oficina, he entrado por ella y Canetti me ha llamado Meier, otorgándome su permiso para desaparecer del mundo.

Soy una nulidad absoluta, como el Jakob de Walser, quien encontró la última puerta a una ínsula de Literatura (que creyó haber dejado atrás muchos años antes) en una casa de locos donde ingresó por voluntad propia y de la que sólo salió por una puerta trasera, una puerta que desapareció cuando engulló a Walser, o lo que es igual: cuando cumplió la labor por la que alguna mano invisible la puso allí. Soy una nulidad absoluta, un funcionario Meier: ya lo era antes en el mundo que he dejado atrás, pero sólo ahora me siento feliz de serlo, pues ser una nulidad absoluta me permite vivir para las palabras, vivir en palabra, ser palabra.

Desde que Canetti me llamó Meier llevo varios días aquí —días según mi concepto de tiempo, ignoro el tiempo que llevó aquí según el sistema horario de Ítaca, a la que dentro de poco dejaré de llamar Ítaca para llamarla oficina o simplemente casa—, y lo cierto es que, por muchos gabinetes que he visitado y dejado atrás, todavía no me he atrevido a sentarme a una mesa, tomar un trozo de papel y ponerme a percibir palabras, palabras que ofrecer a otros Meier, palabras que unir a otras palabras escritas por cualquier Meier que me tienda un trozo de papel al que unir otros trozos cubiertos de palabras escritas. Palabras por ordenar, clasificar en expedientes, entregar a un joven que pase por aquí, dejar que salgan bajo su brazo al mundo, que violen los símbolos de una Biblia escrita para idiotas.

Hasta que llegue ese momento, el de atreverme a sentarme con los otros Meier, me pregunto qué pasará con las palabras que pienso, mis pensamientos de ahora, la historia de un oficinista gris arrumbado en su senectud que ha desaparecido del mundo para trabajar para la eternidad, elaborando junto a otros Meier las obras inmortales que descifrarán los símbolos de una realidad irreal, de un mundo que en verdad no existe. Me pregunto si estas palabras ya están llegando a alguien, y si ese alguien cree que estas palabras son suyas, que inventa lo que en realidad le estoy dictando.

Me da igual.

Quizás necesito desahogarme, vaciar lo que guardo por dentro, cosa que posiblemente no logró hacer Canetti, por ejemplo. Así, en tanto pienso estoy arrojando la espuma de las palabras que traigo del mundo de los idiotas, me deshago de ellas y me transformo en un hombre nuevo para una palabra nueva. Algo que ya pretendió Cristo para los habitantes del mundo idiota al llevarles la luz de una certeza que divisó en este paraíso en que ahora habito (el infierno al que descendió tras su resurrección): la certeza de que, lavando nuestras almas de las palabras viejas, nos convertiríamos en Palabra verdadera, formaríamos parte de la eternidad, veríamos las cosas con ojos nuevos, incluso las entradas a Ítaca. Seríamos como libros.

Voy de acá para allá, sin nada que hacer, con menos cosas cada vez en que pensar. Voy de acá para allá como supongo irá mi fantasma de oficinista por la oficina, mi doble espectral, recogiendo formularios, rellenando informes, ensimismándose en un silencio absorto que ya no romperá para decirle a su jefe que se quedará unas horas más en su cubículo, porque será el suyo un silencio de fantasma, fantasma será y nadie lo sabrá, tampoco su jefe que nunca lo vio sino como fantasma. Quizás él mismo tampoco lo sepa, mi fantasma quiero decir. Pobre desgraciado.

De un momento a otro sé que me poseerá el valor que necesito para sentarme junto a otro Meier, tomar el trozo de papel que me tienda y unirlo a las palabras que yo escriba. Y entonces la felicidad me embargará, como un vértigo de luz, inundándome.

Entonces seré palabra, seré silencio.

Bruno Mesa

(1975)

Bruno Mesa nació y vive en Santa Cruz de Tenerife, y también ha residido en Madrid y Roma. Ha publicado el libro de relatos *Ulat y otras ficciones* (2007), la novela *El hombre encuadernado* (2009) y el volumen de aforismos y ensayos *Argumentos en busca de autor* (2009). También es autor de tres poemarios: *El laboratorio* (2000), *Nadie* (2002) y *El libro de Fabio Montes* (2010). Su cuento «El sueño de Macbeth» es inédito.

El sueño de Macbeth

Duncan, el Rey de Escocia, está liado con una de las brujas, y no hay forma de que salga a escena cuando le toca. Macbeth se bebe todas las mañanas el bar de la esquina y luego en los ensayos confunde el texto, barbotea sus frases o dice que es Julio César, el papel que hace unos meses interpretaba en Barcelona, y empieza a hablar de los idus de marzo y del Senado. Y otra vez hay que parar el ensayo, que cada día se parece más a una casa de citas donde yo hago el papel de una madame oronda, repintada y mezquina. Nuestro Macbeth se llama Fernando, y tiene la costumbre desesperante de salir de escena en mitad del ensayo, abreva coñac de una petaca plateada que esconde entre bastidores, vuelve a salir corriendo y dice: «Pero en estos casos seguimos siempre sometidos a juicio aquí, ya que no hacemos sino enseñar lecciones de sangre, que, una vez enseñadas, regresan para adobar al inventor».

—¡No, Fernando, no! ¡Para asolar, para asolar! ¿Cómo demonios vas a adobar al inventor? —grito desde la fila diez, donde acostumbro a seguir cualquier ensayo.

—¿Y qué he dicho yo? Asolar, asolar —farfulla este Macbeth incapaz de matar a nadie, excepto si lo ahoga en alcohol.

—No, querido Macbeth, has dicho adobar. Empezamos de nuevo.

Y así toda la mañana.

Lady Macbeth está enamorada de Banquo, al que acosa por los camerinos sin descanso. A Banquo le molesta verse acosado por la ambiciosa señora de Macbeth, pero se lo calla. El mayor problema de Banquo, al menos en lo que a mí respecta, es su manía de interrumpir los ensayos para poner en duda mi dirección. El caballero tiene sus propias teorías dramáticas y no deja pasar ocasión para demostrarnos que él lo haría de otra forma.

—Perdona, Arturo, pero es que esto no lo veo muy claro —me suelta en cualquier momento.

En cuanto empieza a hablarme el resto de actores se abandonan. Macbeth aprovecha la interrupción, sale de escena y se sienta en el suelo entre bastidores en compañía de su coñac.

—¡Paramos, paramos un segundo para escuchar al maestro! —grito yo.

El regidor no me oye y sigue de charla con una de las brujas.

—Arturo, la verdad es que no sé por qué tengo que decir estas palabras mirando al público. No tiene sentido. No lo veo claro. Tú sabes que yo soy un gran admirador de Grotowski, ¿verdad? Pues Grotowski aseguraba que la ausencia de una naturalidad expositiva va en contra del personaje, de su verosimilitud. Y esto no tiene sentido, es absurdo —se explica Banquo, que fuera de las tablas atiende al nombre de Carlos.

Me levanto enfadado, casi fuera de mí, y me acerco al escenario.

—Vamos a ver, Carlos, amigo mío: nada tiene sentido, el mundo es caótico, el teatro es caótico, ¡y gracias a ti este maldito Macbeth es un caos que no vamos a estrenar nunca! Olvidémonos un rato de Grotowski y de Peter Brook, hazme ese favor. Yo tampoco veo nada claro, y sobre todo no veo claro por qué mis actores son actores y no fontaneros, de verdad que no lo entiendo. Y como nada tiene sentido, y yo no sé por qué Shakespeare escribió lo que escribió, y aunque lo supiera ahora no tengo tiempo para explicártelo, pues aquí estamos todos, haciendo lo que podemos en mitad del desastre. Pero una cosa sé, Carlos, una sola cosa: ¡que tú tienes que decir esas palabras mirando al público! ¿Entendido, Banquo, o quizá tienes alguna duda más sobre tu interpretación? ¿Podemos seguir? Muy bien, pues seguimos. Venga, donde nos quedamos.

Decía antes que Lady Macbeth, para sus amigos Andrea, aceptó este papel para estar cerca de Carlos, ese dudoso Banquo, e intentar tirárselo en los camerinos, porque como todos sabemos Andrea no tiene paciencia con los hombres, ni sabe aceptar un no por respuesta, ni es capaz de controlar su deseo, así que le persigue durante todo el ensayo sin pudor alguno. El problema es que Banquo es novio, desde hace varios años, de Macduff, y éste, que es un tipo celoso y poco dado al protocolo, tiene ganas de que la insaciable Lady Macbeth se parta una pierna o sufra cualquier accidente con tal de que abandone la obra y deje de acosar a su hombre.

Hace tres días, a primera hora, mientras ensayábamos la escena tercera del primer acto, en bastidores Macduff se encaró con la venenosa señora de Macbeth. La discusión se entrelazaba con el ensayo y le daba a la obra un aire de comedia vanguardista a la deriva, entre un juego macabro y una polifonía disparatada.

Más que un grupo de actores tengo una manada de babuinos. Claro que uno, que es su director, tampoco es mejor. No puedo dar ejemplo ni quiero darlo.

Esto me pasa por dirigir a la vez dos obras de teatro: por la mañana *Macbeth* y por la tarde *Salomé*.

Los ensayos de la obra de Wilde no van mejor. Tengo una Salomé raquítica, que sólo digiere canónigos, miel y kéfir, y que cada día se desvanece en mitad del ensayo como un espectro lívido. Iokanaán tiene una depresión del tamaño del Peloponeso, porque su tercera esposa acaba de fugarse con un escultor iraní trasterrado que vive en una casona en el Baztán, en mitad de la nada, sin agua y sin luz, cultivando la compleja flor del silencio. Iokanaán se acuerda de su esposa en mitad de una frase y se pone a llorar en escena. Cada media hora detengo el ensayo y hago de psicoanalista con Jorge, el abandonado.

—¿Y no sabes nada de ella?

—Nada, ni una llamada, ni un mensaje. Cómo me va a llamar si vive con ese desgraciado en mitad de la nada, con ese loco que hace unas esculturas que dan vergüenza ajena, hechas con hierros retorcidos y azulejos mal pegados, un tipo cuyo único talento es ser capaz de vivir como un salvaje. ¿Tú entiendes eso? —barbotea Jorge.

—No mucho, la verdad.

—¿Pero sabes lo peor, lo único que no me perdono?

—No, dime.

—Lo peor es que yo los presenté. El escultor fue amigo mío en otro tiempo, los dos hicimos teatro en la universidad, y yo se lo presenté a mi mujer aquí, en Madrid, ¿entiendes? Todo es culpa mía —y de nuevo se pone a llorar como un niño desconsolado.

Temo que estoy preparando la versión de *Salomé* más surrealista que jamás se haya representado.

El Joven Sirio, el capitán de la guardia, es un incompetente. No es actor y dudo que lo sea nunca. Sólo tiene el capricho de ser actor, de arañar su minuto de fama, de sonreír en revistas donde todo el mundo sonríe. Nadie en su sano juicio lo contrataría, pero su tío es el productor de la obra. Al principio me negué a aceptar a ese armatoste que cada vez que abre la boca se diría que está leyendo un pregón, pero su tío y productor me lo dejó muy claro una tarde: «Si mi sobrino no hace ese papel tú tampoco diriges la obra».

En ese instante tendría que haberme despedido, pero no me atreví. Soy aún peor que Macbeth, porque carezco de la temeridad que empuja a los criminales.

Sólo le reconozco una habilidad casi sobrenatural al infame sobrino: cuando el Joven Sirio abre la boca la tragedia de Wilde se vuelve de forma instantánea en un sainete.

Con el tetrarca Herodes la cosa no va mejor. Busqué un actor grueso y experimentado, y sin duda lo encontré. Pero nuestro Herodes Antipas es tan pesado que apenas puede estar de pie en escena cinco minutos sin asfixiarse. En otra época este hombre fue uno de los mejores actores que uno haya visto sobre un escenario. Era una especie de Charles Laughton ibérico, pero desde hace unos años su abandono es absoluto, y ahora no sé si tengo un actor o un hipopótamo sudoroso.

Por último tengo a Herodías y a su paje besándose por las esquinas. La gran actriz, la diva de nuestra escena, ahora se divierte con un adolescente recién llegado, que está haciendo su primer trabajo como actor profesional y su primera incursión entre las carnes de una sofisticada cincuentona.

Las dos obras van camino del desastre. Ahora sólo hace falta esperar y ver cómo se desmorona todo.

Así, mientras esperaba el derrumbe, fue cuando sucedió. Era una mañana como cualquier otra, la misma catástrofe a la que otros llaman ensayo. Mientras Macbeth se tambaleaba por el escenario con las manos ensangrentadas y diciendo: «El océano entero del gran Neptuno, ¿lavará y limpiará esta sangre de mis manos? No, más bien al contrario, estas manos mancharán al multitudinario mar, volviéndolo rojo». En ese instante, mientras Fernando-Macbeth se apoya en una pared para no caer redondo, debía entrar en escena su señora e instigadora. Pero no, Lady Macbeth no entró, y durante un minuto no entró nadie. A mí, si les soy sincero, ya me daba igual. Entre bastidores se escuchaba al regidor llamar a gritos a Andrea, nuestra Lady Macbeth.

Era imposible que acudiera, pues al fin había conseguido atrapar a su Banquo en los camerinos. Una de las brujas avisó de los gimoteos que se escuchaban por los pasillos. Le dije al regidor que leyera las frases de Andrea y que seguíamos. Fue peor, porque de repente apareció en escena, mientras yo me tomaba un ansiolítico, no me pregunten cómo, una inconcebible y huesuda Salomé, como llegada del más allá.

Pensé que estaba soñando, que el ensayo de la mañana y el de la tarde se habían mezclado en mi mente, pensé que había que quemar el teatro y empezar de nuevo, pensé que debía cambiar de vida. Salomé, la escuálida actriz a la que cada tarde dirigía, ahora con vaqueros y una blusa roja por único vestuario, llamaba furiosa a un tal Charly en mitad del escenario. Enseguida comprendimos que buscaba a Carlos, nuestro Banquo, que ahora mismo estaba disfrutando de las delicias de Lady Macbeth en su camerino.

En ese instante perdí el conocimiento en mi butaca de la fila diez.

Cuando desperté estaba en la habitación de un hospital. Mis dos hermanas estaban allí, esperando. Me hicieron esas preguntas absurdas que le hacemos a alguien cuando tememos que haya perdido la memoria.

No tuve suerte. Lo único que no sabía es qué había pasado desde que había perdido el conocimiento la mañana anterior hasta que llegué a la habitación 412 de aquel hospital. Enseguida una de mis hermanas me preguntó con una sonrisa cómplice: «¿Ya no te acuerdas, Macbeth?».

Al escuchar ese nombre todo lo que había ocurrido durante esas horas volvió como una lluvia tibia e inundó mi cerebro.

La mañana anterior, pocos segundos después de perder el conocimiento, desperté, pero no desperté del todo. Sé que afirmar eso es absurdo, pero la realidad es infinitamente absurda y no por ello dejamos de aceptarla. Estaba despierto, pero despierto como lo está un sonámbulo o un loco. Sólo de una cosa estoy seguro: ayer, justo después de despertar, mi nombre era Macbeth.

Estoy en el acto II, al final de la escena primera, en el instante en que debo matar a Duncan, el Rey. Pero aún no lo he hecho, aunque se lo he prometido a mi esposa, Lady Macbeth. Ella lo desea aún más que yo.

Tengo el puñal en la mano y dudo.

Estoy sobre el escenario. El cuerpo de Duncan me espera. Entonces sé que hablé, pero lo que decía no estaba en la obra, sólo estaba en mí, en el personaje y acaso en la persona. Recuerdo que dije:

— ¿Por qué habría de hacerlo? Soy una inmensa duda, ¿y es dudar una cobardía o es la única virtud de los hombres? Matar es un juego en el que todos somos maestros aunque seamos principiantes. Con este puñal voy hacia un lugar desconocido, y una sed más poderosa que mi prudencia se abre paso entre el miedo. Pero, ¿y si todo esto fuera irreal, pues irreal parece esta noche en que la niebla es el único abrigo? ¿No será esto el sueño de Macbeth, la pesadilla de un dramaturgo acaso, el delirio angustioso de un escritor futuro? ¿No seré tal vez yo el muerto y esto la prueba que me exige Dios para alcanzar su círculo? ¿O quizá Duncan, el Rey, no está dormido sino muerto, y yo soy la voz que atosiga al asesino, la oración de la culpa que atraviesa los sueños y los siglos y los libros? Sí, debe ser eso. El sabor de este sueño estaba en cada sueño que tuve. No puedo ser otro que el hombre que ahora soy, porque todo me conducía a esta noche, a este castillo, a Inverness. Mi destino me espera. ¿Debo reconocerme en este puñal, ver la sangre de este hombre que confía en mí como se confía en un hijo, o quizá debo faltar a la ambición de mi esposa y a mi antigua sed?

Recuerdo que durante unos segundos estuve en silencio junto al cuerpo de Duncan. Luego solté el puñal y dije:

— No, esto no puede estar sucediendo, o quizá está sucediendo de otra forma: quizá soy el otro. Yo creo ser Macbeth, y lo siento así, pero tal vez sea el despreocupado Duncan, el Rey dormido que ignora el puñal que le busca. Duermo, y sé lo que va a ocurrir, y prefiero no despertar. En realidad lo que va ocurrir no es un asesinato, es el suicidio de un cobarde.

No, no… Ahora lo entiendo, debo ser Duncan, Rey de Escocia, desde un principio intuí la ambición desmedida de Macbeth y de su esposa, sabía que nada les detendría, que mi corona era un fuego donde ellos deseaban arder. Por eso vine a dormir a este castillo, para buscar la muerte. Debería despertar, pero no lo haré. Quiero morir, y que mi muerte sea un símbolo y una traición.

Recuerdo que la noche de la obra (la mañana en el mundo que está más allá del escenario) estaba oprimida por la niebla y que estuve en silencio unos minutos. En mis manos, no sé cómo, estaba de nuevo el puñal. Lo miré con deseo y con horror. ¿Cómo era posible que fuera Macbeth y no me atreviera a matar al Rey? Y aún peor, ¿cómo es posible que fuera Duncan y no quisiera despertar para evitar la traición? Acaso no soy ninguno de los dos hombres, sino los dos a la vez. Nadie está libre de esa perplejidad. Todos somos, y los somos involuntariamente, a la vez el asesino y la víctima. En realidad no estaba matando o muriendo, sino haciendo las dos cosas a la vez.

Luego sentí que me quedaba dormido, es lo último que recuerdo, un desvanecimiento tranquilo. Pero mis hermanas me dicen que no, que en ese instante volví a perder el conocimiento.

Ahora despierto, muchos siglos después, en la habitación 412 de un hospital de Madrid. Pero la herida del puñal es reciente, también la sangre en mis manos.

Leonardo de León

(1983)

Nacido en la localidad uruguaya de Minas, donde vive, Leonardo de León ha publicado los libros de poesía *Confirmación del aliento* (2012), *El nirvana de Apolo* (2013) y *Detrás del murallón de los rituales* (2014), más los conjuntos de haikus *La selva en la semilla* (2012) y *Pequeñas catedrales* (2014). Asimismo, es autor del libro de cuentos *No vi la luna* (2010). Su relato «Borges recuerda» fue incluido en el libro *Premio Paco Espínola* (Editorial Yaugurú, Montevideo, 2007).

Borges recuerda

Oigo el último pájaro.
Lego la nada a nadie.
J. L. Borges

1

El muchacho entra en la biblioteca. Al transponer el umbral oye los murmullos de las voces y las hojas. Cruza en diagonal y se adentra por un pasillo angosto. Lee los lomos ladeando la cabeza y encuentra el libro: «Jorge Luis Borges/ Obras completas». Lo abre y observa la foto de un hombre sentado sosteniendo un bolígrafo, pelo oscuro peinado hacia atrás, un pañuelo atado al cuello que le da aire de compadrito, un saco azul con mangas cortas, la mirada perdida como en una súplica. Debajo de la foto se anuncia: «Jorge Luis Borges (1899). Poeta, ensayista, y narrador argentino. Perteneció a la corriente ultraísta. Fundó con otros amigos la revista *Proa* en 1922. En 1923 publicó su primer libro de poemas *Fervor de Buenos Aires.* Destacamos *Luna de Enfrente* (1925), *Discusión* (1932), e *Historia Universal de la Infamia* (1935). Borges se suicidó en 1940 en Adrogué».

2

Inclina el vaso lentamente para evitar quemarse con la leche. Siente el movimiento del líquido en el recipiente, huele el vapor antes del contacto. Sin embargo, un sutil gesto de la muñeca le acerca demasiado el líquido a la boca, y el calor se le viene a los labios.

—¡Ah!¡Pero qué mierda! —dice mientras encorva el torso para evitar enchastrarse el saco y la camisa. Sopla un poco sin saber por qué. Toma una servilleta tanteando la mesa y se limpia la barbilla.

Está sentado junto a la mesa del living. El espacio es pequeño y luminoso. La ventana abierta deja paso a la luz que dibuja sobre la madera del piso las pequeñas ranuras de la persiana, y un sector más apagado que opaca el tul de una cortina. Lo rodea la biblioteca que no ve, el silencio, y un aire estancado y antiguo que remueve el vaivén espectral de la cortina.

Desde allí oye el llamado a la puerta. Sin pensar en el visitante no puede obviar una suerte de amargura e intolerancia. Sabe que hoy necesita estar solo, que probablemente la soledad sea la única capaz de complotar con él y afianzar su secreto cometido. Tiene miedo (por no decir horror) que la realidad conspire en su contra, y que bajo sus misteriosas astucias lo condene otra vez a la cobardía.

Fanny, el ama de llaves, recibe al visitante. Desde su silla el ciego reconoce la voz de Adolfito. Los sonidos le dan imágenes para que la imaginación pueda asirse de algún vestigio de realidad y no siga su curso predilecto de fantasías. Ahora se agrega madre que invita a pasar. Se sugiere una suerte de cordialidad en las voces. El ruido de los tacos sobre el parqué se hace gradualmente más intenso y, por un breve instante, piensa con esperanza en Estela. Sin embargo ya sabe que el bulto, la sombra amorfa que lo enfrenta, es el amigo. Escucharlo y advertir su presencia real lo sorprende, pues acaba de descubrir que si bien la sombra no le enseña una anatomía concreta, a los amigos se les adivinan las acciones intuitivamente.

—Georgie...

—Ya me parecía que eran tus pasos.

—Pero qué honor, che. No sabía que mis pasos eran tan importantes.

—Sentate, Adolfito...

Se sentó y la casa pareció dormir. Los sonidos de la cocina se apagaron. Una puerta se cerró en alguna parte.

—Pensé que era Estela, pero enseguida descarté la generosa hipótesis.

—Suerte que no me confundiste, hubiera sido un momento espantoso. Nuestra amistad hubiera corrido peligro... —Lo dice riendo e incorporando a su voz una modulación entrecortada, para que el otro note la broma.

Borges sonríe por obligación. Bioy lo contempla y se conmueve. El otro mira el techo (digo «mira» sólo para no serle infiel al verbo) mientras bebe del vaso.

—Además, ahora creo que la confusión fue un mero síntoma de esperanza, digamos. Estela no viene desde hace semanas. Pensé que mi operación cambiaría las cosas, pero ni siquiera la lástima la anima a darse una vuelta por acá. ¿Te das cuenta? No llamó al hospital, no mandó saludos con nadie, ni siquiera ha llamado por teléfono. Es imposible que no se haya enterado de nada por la prensa. Ya no me parece una discípula digna de Bernard Shaw.

—A propósito de eso, ¿cómo te encuentras?

—Esta fue la última operación. Tendré que resignarme a este lento crepúsculo, a este mundo deforme que ni siquiera me concede la dignidad de la sombra. Porque la sombra tiene otro estatus, ¿no? En fin, ya no hay nada que hacer. Los médicos ya no toleran mi nombre, y deben hablar mal de mí en sus encuentros.

—¿Cuándo te sacaron las vendas?

—Ayer a la tarde. Hoy vuelvo a la biblioteca, ya estoy harto de la casa.

La voz se le corta, se hace trémula entre letra y letra. Parece que los silencios y las pausas temblaran. Bioy lo mira y casi llega a hacer la pregunta, pero Borges le contesta antes.

—Tengo miedo a olvidar mi rostro, el tuyo, el de madre. Tengo miedo a que cuando esté muriendo y quiera despedirme del mundo, acudan sólo recuerdos velados, sombras con sonidos.

—¿Y no hay esperanzas?

3

Está en la Biblioteca Nacional. No hay periodistas, ni estudiantes, ni documentos, ni siquiera algún verso que lo ocupe. Está solo, sentado en el escritorio, y apoya las manos sobre el bastón.

Sabe que necesita de algo (de algo que está en su pasado) para llevar a cabo su último gesto, quizás el único que le haga conocer la verdadera felicidad. Rastrea en la memoria y sonríe al ver de nuevo. Asiente con la cabeza mientras sus ojos ciegos ya vislumbran el pasado, un lugar luminoso de la memoria que lo empuja de un lado a otro. Un lugar que lo devuelve a la fantasía del mundo real, de los espacios y las formas.

Se ve en una habitación enorme, tirado boca abajo con un libro entre los codos. Se ve leer un pasaje de Stevenson y hasta siente la emoción en la garganta. Ve a su hermana Norah con un pincel en la mano, ve la biblioteca de su padre, a este que se acerca con un tablero de ajedrez bajo el brazo. Ve al Ródano, se ve nadando (siente el ahogo del ejercicio). Ve una multitud que se burla, otra que lo aplaude de pie. Ve el rostro nítido de Adolfito, y su cara verdadera que mira al techo oscuro del despacho se arruga como insinuando un llanto. Ve a su padre en el lecho, a su madre que descansa en un sillón con un libro de Dickens. Ve su sonrisa. Se ve a sí mismo frente a un tigre dormido detrás de gruesos barrotes, se ve dormido y encorvado en una cama lejana, se ve escribiendo un verso que luce en alguna parte el verbo fatal. Se ve solo en su despacho, mirando el espectáculo de la memoria, llorando sin advertirlo.

Las imágenes continúan revolviéndose en la mente del hombre hasta que sucede el hallazgo. Se ve en un Hotel de Adrogué empuñando una pistola de un calibre que ignora, sentado en una cama, temblando, con un libro que ya ha leído a su lado. Detiene la evocación en ese instante y se inmiscuye en el recuerdo. Se acerca lentamente a ese Borges al borde del derrumbe. El otro sostiene el arma e intenta alzarla hasta la altura de la sien. El caño sube unos centímetros y luego vuelve a caer.

Borges lo comprende. Sabe y recuerda el momento a la perfección, y descubre que para las emociones el tiempo no pasa, no existe. Sabe que el otro quiere huir del mundo, que lo han dejado una vez más, que el amor, y el mundo que revela el amor, le está vedado. Se acerca y le acaricia la cabeza. El otro parece no sentir nada. Está aislado en su propia lucha, en la búsqueda de un estímulo que tense el brazo y alce el arma.

Pero no puede. Borges lo sabe, y le da rabia.

Entonces se acerca más, hasta que los rostros se enfrentan. Borges le mira los ojos que todavía gozan del don, pero sabe que viven otra forma de ceguera, que indagan una realidad profunda e indescifrable incluso para él.

—Debes hacerlo —dice—. Es la única forma de librarnos.

El otro no lo escucha y es aquí cuando Borges reza (sí, reza) y pide coraje para su hermano del pasado, del recuerdo. Arrastra las sílabas de una oración aprendida en la infancia para hacerse de valor, y no sentenciar al hombre patético de la cama y al que reza a su lado a la desdicha de una vida cobarde. Reza porque la acción suceda y arruine un futuro de insomnio y arrepentimiento.

Nada pasa, en apariencia. El otro sigue jadeando con el arma apuntando al piso.

Borges baja la cabeza, pero justo antes de emprender el regreso al despacho solitario de la biblioteca, justo antes de abandonar el escenario real de su recuerdo, escucha el disparo. Alcanza a ver como el otro cae sobre la cama, rebota en el colchón y termina en el suelo con la cabeza abierta. Alcanza a ver su propia sangre ajena, a gozar del triste silencio que sucede al estampido. Casi puede imaginar al viejo ciego del despacho que se desdibuja en una niebla espesa. Ve ante sus ojos un conjunto de hojas, de libros, de cuartillas con su propia caligrafía, que se vuelven cenizas y son arrasadas por una ráfaga. Siente la muerte en cada objeto. Y siente alivio, pero no encuentra una explicación.

No sabe que el otro, en su búsqueda, vio un futuro de la memoria. Vio a un ciego apoyado en su bastón en un salón oscuro y en silencio que miraba el techo y evocaba un viejo día en Adrogué. Lo vio quieto, rezando para interferir en el pasado y lograr la tarea que le devolviera el valor. Lo vio gritándole en su propia cara. Entonces el otro intercedió en la realidad de Borges. Los recuerdos de ambos se unieron en un espacio mágico del tiempo y, desde esa atmósfera extraña, empañada de luces y oscuridades, creció el milagro secreto de cada uno.

Le acarició la cabeza. Justo antes de que el índice apretara el gatillo, se oyó un pájaro en la ventana. Lloró y sonrió al mismo tiempo.

La bala atravesó un verso nunca dicho. Y otra fue la historia.

www.ingramcontent.com/pod-product-compliance
Lightning Source LLC
Chambersburg PA
CBHW060358030726
47497CB00003B/758